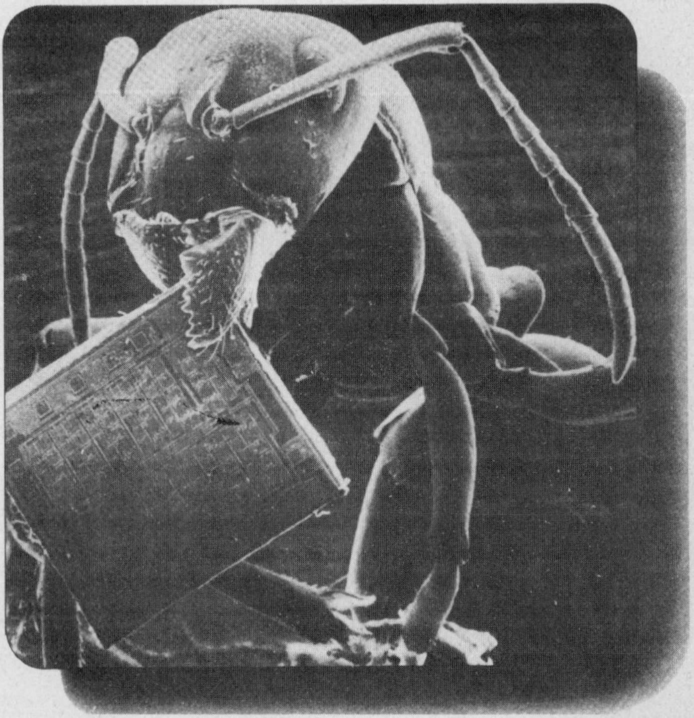

BIO FICTION
Der Grüne Zweig 82

IMPRESSUM

Redaktion & Herausgeber – Werner Pieper
Satz – Petra Petzold, Barb Rosenkranz
Umschlag vorn – Karl Krüll

Druck – Klaus Stowasser, Werdorf
SuperVision – Werner Pieper – Medienexperimente
Die Grüne Kraft – 6941 Löhrbach

ISBN 3-922708-82-X
SPACEMAGIC PATENTED

Einleitung

Von ungezählten Science Fiction Kurzgeschichten ist Frank Herbert's „Die Retter" eine der wenigen, an die ich mich immer wieder erinnerte. Als dann unser kosmischer Kurier in Damaskus, Achmed Khammas, selbige Geschichte nochmals empfahl, war es klar: die müssen wir verbreiten. Der Ullstein Verlag gab netterweise seine Einwilligung (Herzlichen Dank auch!). Plötzlich stapelten sich lauter Stories zu ähnlichen Themen im Regal, so habe ich sie gebündelt und sie Dir mit dem Tarnnamen BIO FICTION untergejubelt.

Das ist „Der Mann der Leben pflanzte". In einer älteren KOMPOST Ausgabe hatten wir sie schonmal publiziert; eine der Geschichten, die immer wieder irgendwo auftauchen – und das zu Recht. Gelebte Hoffnung. Und wohl auch mehr wahre Faction als Fiction.

Den „Garten Comic" fanden wir im Co Evolution Quarterly, dem informellsten Magazin zum Thema Heute und Morgen – Hier und im All (Kontakt: CEQ, Box 428, Ca 94966, USA). Auch die Erzählung vom Liebesleben im All ist diesem Magazin entnommen. Danke.

Herbert W. Franke, Deutschlands führender S.F. Schreiberling beschäftigt sich eigentlich mehr mit dem technischen Aspekt. Um so mehr Dank für dieses angegrünte Gedicht.

„Das 1. Kapitel" beschreibt die (dauernde) Wiedergeburt der Natur (bzw. der Welt).

„Buchhändlers Traum" fand ich an der Wand über Hilka's Bett. Jawoll, sie ist Buchhändlerin (gewesen).

Paul Bowles hat mit seinen Geschichten, die demnächst in deutscher Sprache auch als GRÜNER ZWEIG erscheinen werden, schon viele Menschen verblüfft. Hier eine der wenigen von ihm, die nicht in Nordafrika oder Südamerika handeln. Seine Story ALLAL haben wir schon zweimal abgedruckt (siehe ZWEIG 49, Haschischgeschichten, HUMUS 5). Eine Empfehlung für alle, die nach Lektüre dieses Buches noch MEHR davon wollen...

Ganz besonders sei Ursula LeGuinn für die Abdruckrechte ihrer Geschichte „Wegrichtung" gedankt. Ohne sie wäre die Science Fiction nur halb so schön. Freundlicherweise hat uns Wolfgang Jeschke zudem noch die Übersetzung ‚geschenkt'. Das war dem Herausgeber einige Freudensprünge wert!

Das „Kontrollierte Experiment" lief mir irgendwie zu.

„Wie Pittsburgh über Nacht ergrünte" ist von Haniel Long, dessen wunderbare Geschichte von Cabeza de Vaca in HUMUS 4 leider von vielen übersehen wurde. Die hier nachgedruckte Geschichte ist im Jahre 1936 geschrieben worden und erscheint entsprechend leicht angestaubt. So hat der Übersetzer Siggi (im Knast) seine eigene Version davon mitgeliefert.

Schließlich noch ein paar Worte von mir über Science Fiction im Allgemeinen. Seit der Beitrag seinerzeit in Kompost und Sounds erschien hat sich Michael Moorcock von der S.F. etwas abgewandt, und dafür ist John Brunner zum S.F. Schreiber der Stunde geworden. Alles was er in den 70ern schrieb („Schockwellenreiter", „Schafe blicken auf" etc.) sei Dir ans Herz gelegt. Und schlußendlich auch der Mutantenklassiker „Rotwang" von Tim Hildebrand.

Ich will nicht verheimlichen, daß ich schon wieder einen dicken Grünen Zweig in Arbeit habe. Die realistische Ergänzung zu diesen unterhaltsamen Geschichten: ZUKUNFTSTECHNIKEN. Fakten, Stimmungen und Prognosen über den Stand der Techniken die heute entwickelt werden oder gar schon fertig sind, deren Auswirkungen wir aber erst morgen zu spüren bekommen werden. Ob wir die Augen zu machen oder nicht. Eine Bestandsaufnahme. Zukunft – Ja Bitte!

Der Herausgeber

Frank Herbert

DIE RETTER

Er saß, als sei er eine Mischung aus einem Guarani-Indio und einer Hinterwäldlertochter, irgendeiner *sertanista,* die versucht hatte, über ihre Versklavung durch das *endomendero*-System durch »Eisenfressen« hinwegzukommen — so nannte man es, wenn man sich durch ein Gefängnisgitter hindurch liebte.

Seinen Typ repräsentierte er beinahe perfekt — außer, er vergaß sich einmal, wenn er gerade durch eine etwas tiefere Dschungelniederung streifte.

Dann nahm seine Haut einen grünlichen Ton an, der ihn eins werden ließ mit dem Hintergrund von Ranken und Blättern und das lehmgraue Hemd, die zerschlissene Hose, den unvermeidlichen zerfetzten Strohhut und die wildledernen Sandalen mit Sohlen aus alten Autoreifen seltsam körperlos erscheinen ließen.

Solche Unachtsamkeiten wurden indes umso seltener, je weiter er sich vom Oberlauf des Parana und vom *sertao*-Hinterland von Goyaz entfernte, wo Männer mit wie bei ihm in der Stirn waagrecht abgeschnittenen Haar und glitzernden dunklen Augen häufig waren.

Als er *bandeirante*-Gebiet erreichte, hatte er den Chamäleon-Effekt schon fast völlig unter Kontrolle.

Doch jetzt hatte er den Dschungel verlassen und befand sich auf den braunen, die parzellierten Farmen des Wiederansiedlungsplans voneinander trennenden Feldwegen. Auf seine Weise wußte er, daß er sich den *bandeirante*-Kontrollen näherte, und mit einer beinahe menschlichen Geste befingerte er die *cedula de gracias al sacar*, das Zertifikat weißen Blutes unter seinem Hemd. Dann und wann, wenn keine Menschen in der Nähe waren, übte er die Aussprache des Namens, den man für ihn gewählt hatte: Antonio Raposo Tavares.

Es klang ein wenig zirpend und zischend, aber er wußte, daß es ausreichen würde. Es hatte bereits ausgereicht. Goyaz-Indios waren für ihre eigentümliche Sprechweise bekannt. Die Farmersleute, die ihn in der Nacht zuvor beherbergt und verköstigt hatten, hatten das gesagt.

Als ihre Fragen zu drängend geworden waren, hatte er sich bei der Tür niedergekauert und auf seiner Flöte gespielt, der *qena* der Anden-Indianer, die er in einem ledernen, über die Schulter gehängten Beutel mit sich führte. Er hatte darauf geachtet, in einer konventionellen, ungefährlichen Tonhöhe zu bleiben. Die Geste mit der Flöte war ein Symbol in diesem Gebiet. Wenn ein Guarani seine Flöte nahm und zu spielen begann, war das ein Zeichen, daß mit Worten nicht mehr zu rechnen war.

Die Farmersleute hatten sich achselzuckend zurückgezogen.

Jetzt konnte er rotbraune Dächer erkennen und den weißen, kristallenen Schimmer eines *bandeirante*-Turms mit seinen startenden und landenden Aircars. Er blieb stehen, für Augenblicke von Instinkten überwältigt, von denen er wußte, daß er sie zu bezähmen hatte — sonst würde er in der Prüfung, die ihm bevorstand, versagen.

Und er sammelte seine geistige Identität, indem er dachte, *wir sind grüne Sklaven, die dem Wohle des Ganzen dienen.* Der Gedanke verlieh seinem Äußeren eine nicht zu übersehende Note der Servilität, die ihn wie ein Schild gegen die starren Blicke der Menschen um ihn herum abschirmte. Wesen seiner Art kannten so manche Manieriertheit und hatten früh gelernt, daß Servilität eine Form der Tarnung war.

Alsbald stapfte er wieder auf die Stadt und den Turm zu.

Der Feldweg ging in eine gepflasterte, zweibahnige Marktstraße über. In den Gräben zu beiden Seiten verliefen Fußwege. Die Marktstraße ihrerseits führte an einer vierstöckigen kommerziellen Transportbahn entlang, wo selbst die Fußwege gepflastert waren. Groundcars und Aircars waren jetzt in größerer Anzahl zu sehen, und auch die Menge der Fußgänger hatte zugenommen.

Bis jetzt hatte er noch keine gefahrbringende Aufmerksamkeit erregt. Die gelegentlichen spöttischen Seitenblicke der Eingeborenen konnte er beruhigt ignorieren, das wußte er. Wurde er prüfend angestarrt, dann drohte Gefahr, doch war das noch nicht der Fall gewesen. Seine Servilität schützte ihn.

Die Vormittagssonne stand schon recht hoch am Himmel. Die allmählich drückender werdende Hitze ließ aus dem Dreck neben dem Fußweg dumpfen Modergestank emporsteigen, der sich mit dem Schweißgeruch der Menschen um ihn herum vermischte.

Und sie drängten sich jetzt um ihn herum, kamen immer langsamer vorwärts, je mehr sie sich der Kontrollschleuse näherten. Bald löste sich ihre Vorwärtsbewegung in einzelne Takte auf. Ein paar Schritte, dann halt. Ein paar Schritte und halt.

Hier war der kritische Punkt, und er war nicht zu umgehen. Er wartete mit so etwas wie der stoischen Ruhe eines Indianers. Sein Atem ging jetzt tiefer, um die zunehmende Hitze auszugleichen, und er glich ihn dem der Menschen um ihn herum an und ertrug den Anstieg der Temperatur, um eines zu sein mit seiner Umgebung.

Hier in den Niederungen atmete kein Anden-Indianer tief.

Ein paar Schritte und halt.

Ein paar Schritte und halt.

Jetzt konnte er den Kontrollpunkt sehen.

Hochnäsige *bandeirantes* in geschlossenen weißen Umhängen, Plastikhelmen, Handschuhen und Stiefeln standen in einer Doppelreihe in einem gedeckten Ziegelkorridor, der in die Stadt führte. Er sah, wie jenseits des Korridors Leute, die die Kontrolle passiert hatten, im heißen Sonnenlicht weitereilten.

Der Anblick des freien Geländes jenseits des Korridors ließ schmerzliches Sehnen in ihm erwachen. Sofort flammte ein Warnsignal in ihm auf.

Nicht die kleinste Unaufmerksamkeit durfte es jetzt mehr geben; er stand vor dem ersten *bandeirante*, einem riesigen blonden Burschen mit rosa Haut und blauen Augen.

»Und weiter! Nur keine Müdigkeit!« sagte der Kerl.

Eine behandschuhte Hand stieß ihn zu zwei *bandeirantes*, die in der rechten Reihe standen, hinüber.

»Gebt dem da eine Extra-Behandlung« rief der blonde Riese. »Muß aus dem Hochland sein, so wie er aussieht.«

Jetzt hatten ihn die anderen beiden. Der eine setzte ihm eine Atemmaske auf, der andere stülpte ihm einen Plastiksack über. Ein Schlauch verband den Sack mit irgendeiner Maschinerie in der Straße jenseits des Korridors.

»Doppelter Schuß!« rief einer der *bandeirantes*.

Bläuliches Gas wölbte den Sack, und durch die Maske atmete er einmal tief und heftig ein.

Agonie!

Schmerzend wie Nadelstiche fuhr ihm das Gas in alle Glieder.

Wir dürfen nicht schwach werden, dachte er.

Aber es war sengender, tödlicher Schmerz. Seine Glieder wollten erschlaffen.

»In Ordnung!« rief der Mann, der ihm den Sack übergeworfen hatte.

Man nahm ihm den Sack wieder ab, entledigte ihn der Maske. Hände schoben ihn den Korridor entlang, zum Sonnenlicht hin.

»Nicht stehenbleiben! Weiter! Bewegung!«

Der Gestank des Giftgases hüllte ihn ein. Es war ein neues Gas, das zersetzende Wirkung hatte. Für dieses Gift hatte man ihn nicht präpariert!

Jetzt war er draußen im Sonnenlicht und betrat eine von Obstständen gesäumte Straße. Händler diskutierten mit Kunden oder standen feist und lauernd hinter ihren Waren.

Und in seiner Not lachten die Früchte ihn an, als könnten sie das Leben einiger seiner Teile retten. Aber seine integrierte Totalität widerstand der Verlockung. So schnell er es sich erlauben konnte, eilte er weiter, schob sich an Kunden vorbei und hindurch durch müßig herumstehende Gruppen.

»Wollen Sie ein paar frische Orangen?«

Eine ölig-dunkle Hand hielt ihm zwei Orangen unter die Nase.

»Frische Orangen aus dem Grüngebiet. Da hat kein Ungeziefer auch nur hingeschmeckt.«

Er wich der Hand aus, obwohl der Duft der Orangen ihn fast überwältigte.

Jetzt hatte er die Stände hinter sich gelassen und bog um eine Ecke in eine schmale Seitenstraße. Noch eine Ecke, und er sah in der Ferne verlockendes Grün in offenem Land — das freie Gebiet jenseits der Stadt.

Mit rascherem Schritt eilte er jetzt hinüber zu diesem Grün, ängstlich überlegend, wieviel Zeit ihm noch blieb. Er hatte noch eine Chance. An seiner Kleidung hing Gift, doch drang bereits frische Luft durch das Gewebe — und die Vorstellung des Sieges war wie ein Gegengift.

Vielleicht schaffen wir's noch!

Näher und näher kam das Grün — Bäume und Farne an einem Flußufer. Er hörte das Plätschern des Wassers. Mehrere Straßen mündeten in eine Brücke, auf der sich die Leute drängten.

Es ging nicht anders: Er stürzte sich ins Gewühl, vermied, soweit möglich, jeden Kontakt. Die Gelenke in seinen Beinen lockerten sich, und er wußte, daß ein unglücklicher Stoß ganze Segmente loslösen konnte. Er überquerte die Brücke unversehrt. Ein Fußpfad zweigte vom Wege ab, hinunter zum Fluß.

Dorthin wandte er sich, stieß gegen einen von zwei Männern, die in einem Netz ein Schwein mit sich trugen. Ein Teil der Schale seines rechten Oberschenkels gab nach, und er spürte, wie sie in seiner Hose nach unten rutschte.

Der Mann, mit dem er zusammengestoßen war, taumelte zwei Schritte zurück und ließ beinahe seine Last fallen.

»Passen Sie doch auf!« rief der Mann.

Der Mann am anderen Ende des Netzes sagte: »Verdammte Säufer.«

Quiekend und zappelnd sorgte das Schwein für Ablenkung.

In diesem Augenblick huschte er an ihnen vorbei auf den Pfad, der hinunter zum Fluß führte. Drunten konnte er, schäumend von der Belüftung durch die Schleusenfilter, das Wasser sehen.

Hinter ihm sagte einer der Schweineträger: »Ich glaube nicht, daß er betrunken war, Carlos. Seine Haut war trocken und heiß. Vielleicht war er krank.«

Der Pfad lief entlang an einem Damm aus dunkelbraunem Schlamm und führte dann durch Farne und Büsche zu einer Art Tunnel hinunter. Die Männer mit dem Schwein konnten ihn nicht mehr sehen, das wußte er, und er hielt sich die Hose, wo der Teil seines Beines verrutscht war, und eilte hinein in den grünen Tunnel.

Jetzt sah er die erste mutierte Biene. Sie war tot, denn sie war ungeschützt in die tödliche Vibrationsbarriere hier geraten. Die Biene war von der schmetterlingsähnlichen Art mit irisierenden orangegelben Flügeln. Auf ein grünes Blatt gebettet, lag sie auf einer sonnenbeschienenen Stelle.

Sich Form und Farbe der Biene einprägend, eilte er weiter. Sie hatten die Bienen als mögliche Antworten erwogen; aber dieses Verfahren wies ernstliche Nachteile auf. Eine Biene konnte nicht mit Menschen argumentieren, das war der entscheidende Punkt. Und die Menschen mußten bald auf vernünftige Argumente hören, sonst würde alles Leben zu Ende sein.

Hinter ihm hörte er schwere Schritte — jemanden, der ihm nacheilte.

Verfolger?

Er selbst kam jetzt nur noch langsam voran, und bald würde er nur noch kriechen können, das wußte er. Seine Augen durchforschten das Buschwerk um ihn herum nach einem Versteck. Eine schmale Lücke in der Farnwand links von ihm fiel ihm auf. Winzige menschliche Fußabdrücke gingen hinein — Kinder. Er zwängte sich durch die Farne und fand sich auf einem engen, am Damm entlang verlaufenden Pfad wieder. Zwei Spielzeug-Aircars, rot und blau, waren hier liegengeblieben. Sein stolpernder Fuß stampfte sie in den Boden.

Der Pfad führte an einem schlingpflanzenüberwucherten schwarzen Erdwall entlang scharf um die Ecke zu einer Höhle. Weiteres Spielzeug lag in der grünen Düsternis am Eingang der Höhle.

Er ging in die Knie, kroch über das Spielzeug hinweg in die gnädige, feuchte Dunkelheit, blieb einen Augenblick wartend liegen.

Ein paar Meter entfernt stampften die Schritte vorbei.

Stimmen drangen zu ihm herein.

»Er ging in Richtung zum Fluß. Glaubst du, er wollte hineinspringen?«

»Wer weiß? Also, ich glaube, daß er krank war.«

»Da, in dieser Richtung. Da ist jemand gegangen.«

Die Stimmen wurden undeutlich, vermengten sich mit dem Rauschen des Flusses..

Die Männer gingen weiter den Pfad hinunter. Sie hatten sein Versteck nicht gefunden. Warum aber hatten sie ihn verfolgt? Der, gegen den er gestoßen war, war nicht ernstlich verletzt worden. Sicher schöpften sie keinen Verdacht.

Langsam stellte er sich auf das ein, was jetzt zu tun war, brachte seine spezialisierten Teile ins Spiel und begann, am hinteren Ende der Höhle zu graben. Tiefer und tiefer grub er, die Erde dabei hinter sich werfend, so daß es aussah, als sei die Höhle eingestürzt.

Zehn Meter tief grub er, bevor er innehielt. Sein Energievorrat enthielt gerade genug Reserven für den nächsten Schritt. Er rollte sich auf den Rücken, verstreute dabei die toten Teile seiner Beine und seines Rückens und legte die Königin und ihren Wächterschwarm frei. Aus Öffnungen an seinen Schenkeln drang der Kokonschaum, die weiche, grüne Decke, die sich zu einer schützenden Schale verhärten würde.

Das war der Sieg. Die wichtigsten Teile hatten überlebt.

Um die Zeit ging es jetzt — zehneinhalb Tage, um neue Energie zu sammeln, die Metarmorphose durchzumachen und sich aufzulösen. Bald würde es Tausende von ihm geben — alle mit der sorgfältig imitierten Kleidung und Ausweispapieren und menschlicher Erscheinung.

Alle identisch.

Es würde andere Kontrollpunkte geben, doch würden die Kontrollen weniger streng sein. Und andere Barrieren, doch leichter zu überwindende.

Diese Menschenkopie hatte sich als gelungen erwiesen. Sie hatten viel gelernt von ihren Gefangenen und von den seltsamen Leuten unter dem Kommando der rothaarigen Menschenfrau, die sie im *sertao* gefaßt hatten. Wie merkwürdig sie war: Wie eine Königin und doch nicht wie eine Königin. Es war so schwer, Menschen zu verstehen, selbst wenn man ihnen eine gewisse Freiheit gab. Es war fast unmöglich, mit ihnen zu argumentieren. Daß sie Sklaven des Planeten waren, mußte man ihnen vielleicht auf dramatische Art beweisen. Die Königin bewegte sich jetzt ein wenig. Dieses Mal hatten sie neue Erkenntnisse darüber gewonnen, wie eine Flucht sich ankündigte. Alle kommenden Kolonisierungsschwärme würden dieses Wissen teilen. Einer davon — mindestens einer — würde durchkommen bis zu der Stadt am Amazon-»Meerfluß«, von woher der Tod kam. Einer mußte durchkommen. Mußte.

Senhor Gabriel Marinho, Präfekt des Mato-Grosso-Grenzgebiets, ging unruhig in seinem Arbeitszimmer auf und ab und murmelte etwas vor sich hin, als er an dem hohen, schmalen Fenster vorbeikam, welches das Sonnenlicht einließ. Gelegentlich warf er einen Blick auf seinen Sohn Joao, der unter einem der großen Bücherregale auf einem Tapirledersofa saß.

Der ältere Martinho war ein sehr schlanker Mann mit grauem Haar und tieferliegenden braunen Augen über einer Adlernase. Seine Lippen waren dünn, das Kinn spitz. Er trug konservative schwarze Kleidung, wie seine Position es verlangte. Weiß hob sich die Wäsche vom Schwarz seines Anzugs ab, und seine goldenen Manschettenknöpfe glitzerten, als er die Arme in die Luft stieß.

»Ich werde lächerlich gemacht!« rief er.

Joao, eine jüngere Ausgabe seines Vaters mit noch schwarzem, lockigem Haar, nahm die Feststellung schweigend auf. Er trug das weiße Überzeug eines *bandeirante*, das in Wadenhöhe mit den Plastikstiefeln verschweißt war.

»Lächerlich gemacht!« wiederholte Martinho der Ältere.

Im Raum begann es dunkel zu werden. Es war die rasch eintretende tropische Dunkelheit, die durch Gewitterwolken am Horizont noch beschleunigt wurde. Das dämmernde Tageslicht hatte einen nebelhaft bläulichen Schimmer. Ein Blitz durchzuckte das Stückchen Himmel, das durch das hohe Fenster zu sehen war, und sandte blendende elektrische Strahlung ins Zimmer. Dröhnender

Donner folgte. Als sei dies das Signal, schalteten die Haussensoren das Licht an, wo immer sich Menschen befanden. Gelber Schein erfüllte den Raum.

Vor seinem Sohn blieb der Präfekt jetzt stehen. »Wie kann mein eigener Sohn, ein *bandeirante,* ein *jefe* der *irmandades,* derartige carsonitische Idiotien von sich geben?«

Joao blickte zwischen seinen Stiefeln zu Boden. Er empfand gleichzeitig Groll und Scham. Seinen Vater auf diese Weise zu stören, das war eine schmerzliche Sache in Anbetracht des empfindlichen Herzens Martinhos des Älteren. Aber der alte Mann war so blind!

»Dieser Pöbel von Farmern lachte mich aus«, erklärte Martinho der Ältere. »Ich sagte ihnen, daß wir die Grünfläche in diesem Monat um zehntausend Hektar vergrößern würden, und die lachten. ›Das glaubt Ihnen doch nicht einmal Ihr eigener Sohn!‹ sagten sie. Sie berichteten mir einiges von dem, was du gesagt haben sollst.«

»Es tut mir sehr leid, daß ich dir Ungelegenheiten bereitet habe, Vater«, sagte Joao. »Die Tatsache, daß ich ein *bandeirante* bin . . .« er zuckte die Achseln. »Wie hätte ich sonst die Wahrheit über dieses Vernichtungsprogramm erfahren sollen?«

Sein Vater erbebte.

»Joao! Willst du damit sagen, du habest einen falschen Eid geleistet, als du den *irmandades* Treue gelobtest?«

»So war es nicht, Vater.«

Joao holte ein Spraymans-Emblem aus seiner Brusttasche und drehte es zwischen seinen Fingern. »Ich glaubte daran . . . damals. Wir konnten mutierte Bienen züchten und jede Lücke in der Insektenökologie damit füllen. Das glaubte ich. Wie die Chinesen sagte ich: ›Nur die Nützlichen sollen leben!‹ Aber das war vor Jahren, Vater, und inzwischen ist mir klargeworden, daß wir nicht hinreichend verstehen, was Nützlichkeit bedeutet.«

»Es war ein Fehler, dich in Nordamerika erziehen zu lassen«, sagte sein Vater. »Denn dort bist du von der carsonitischen Häresie angesteckt worden. *Die* können ja ruhig der ökologischen Neuordnung der restlichen Welt fernbleiben — sie haben ja auch nicht so viele Millionen Mäuler zu stopfen. Aber mein eigener Sohn!«

»Draußen in den roten Gebieten«, sagte Joao beschwichtigend, »sieht man so allerhand, Vater. Dinge, die schwer zu erklären sind.

Die Pflanzen sehen dort weit gesünder aus, und die Früchte sind . . .«

»Nur ein Übergangsstadium«, sagte sein Vater. »Wir werden uns Bienen züchten, die allen nur erdenklichen Anforderungen gewachsen sind. Die Zerstörer nehmen uns das Brot vom Munde weg. Wie können wir uns wehren? Das ist sehr einfach. Sie müssen sterben und durch Geschöpfe ersetzt werden, die eine der Menschheit nützliche Funktion erfüllen.«

»Die Vögel sterben, Vater«, sagte Joao.

»Aber wir retten die Vögel! Von jeder Art gibt es Exemplare in unseren Schutzgebieten. Wir werden neuartiges Futter bereitstellen, um sie . . .«

»Was aber geschieht, wenn unsere Barrieren durchbrochen werden . . . bevor wir den natürlichen Bestand an Insektenfressern ergänzen? Was passiert dann?«

Martinho der Ältere fuchtelte mit dünnen Fingern unter der Nase seines Sohnes herum. »Das ist Unsinn! Ich will nichts mehr davon hören! Du weißt, was diese *mameluco*-Farmer noch sagten? Sie sagten, sie hätten *bandeirantes* gesehen, die wieder in die grünen Gebiete zurückgekehrt seien, um ihre Jobs dort zu verlängern! Das haben sie gesagt. Auch das ist Unsinn — aber es ist eine natürliche Konsequenz solch defätistischen Geredes, wie ich es eben von dir gehört habe. Und jeder Rückschlag, den wir erleiden, stützt solche Vorwürfe!«

»Rückschläge, Vater?«

»Ja, Rückschläge sagte ich!«

Senhor Prefect Martinho drehte sich auf dem Absatz um und ging zu seinem Schreibtisch und wieder zurück. Erneut blieb er vor seinem Sohn stehen, die Hände in die Seiten gestemmt. »Du beziehst dich natürlich auf die Piratininga?«

»Du beschuldigst mich, Vater?«

»Deine *irmandades* waren in diesem Bereich.«

»Nicht einmal ein Floh ist bei uns durchgekommen!«

»Vor einer Woche war die Piratininga noch grün. Jetzt wimmelt es dort, wimmelt von . . .«

»Ich kann mich nicht neben jeden *bandeirante* im Mato Grosso stellen«, protestierte Joao. »Wenn die . . .«

»Die IOO gibt uns nur sechs Monate, um dort aufzuräumen«, sagte Martinho der Ältere. »Sechs Monate!« fügte er mit erhobenen

Händen und rot im Gesicht hinzu. »Dann wird ganz Brasilien mit einem Embargo belegt — so wie es auch mit Nordamerika war.« Er senkte die Arme. »Kannst du dir vorstellen, unter welchem Druck ich stehe? Kannst du dir vorstellen, was ich mir über die *bandeirantes* anhören muß, vor allem über meinen eigenen Sohn?«

Joao kratzte sich mit dem Spraymans-Emblem das Kinn. Als sein Vater die Internationale Ökologische Organisation erwähnte, hatte ihn das an Dr. Rhin Kelly erinnert, eine charmante Direktorin der IOO. Er sah sie vor seinem geistigen Auge, wie er sie zuletzt im *A'Chigua*-Nachtklub in Bahia gesehen hatte — rothaarig, grünäugig ... So reizend und seltsam. Jetzt war sie schon seit fast sechs Wochen vermißt — irgendwo im *sertao*, und manche sagten, sie müsse längst tot sein.

Joao sah seinen Vater an. Wenn der alte Mann nur nicht so reizbar wäre. »Du regst dich unnötig auf, Vater«, sagte er. »Die Piratininga war keine Vollbarriere, nur ein ...«

»Ich rege mich auf!«

Die Nasenflügel des Präfekten weiteten sich. Er beugte sich zu seinem Sohn hinunter. »Zweimal haben wir schon den Termin überschritten. Wir erreichten eine Verlängerung, als ich meldete, daß du und die *bandeirantes* von Diogo Alvarez die Piratininga gesäubert hatten. Wie soll ich erklären, daß sie jetzt wieder verseucht ist und daß wir von vorn anfangen müssen?«

Joao steckte das Spraymans-Emblem in seine Tasche zurück. Mit seinem Vater war an diesem Abend einfach nicht zu rechten. Frustration packte ihn. Dennoch, man mußte es dem alten Mann sagen; irgend jemand mußte es ihm sagen. Und irgend jemand vom Format seines Vaters mußte in die Zentrale gehen und die Leute dort aufwecken, sich *ihnen* verständlich machen.

Der Präfekt ging zu seinem Schreibtisch zurück und setzte sich. Ein altes Elfenbeinkruzifix stand darauf, das der große Aleihadinho geschnitzt hatte. Offenkundig um sein seelisches Gleichgewicht wieder herzustellen, nahm er es in die Hand, doch seine Augen wurden weit und starr. Langsam stellte er das Kreuz wieder auf den Schreibtisch zurück, ohne den Blick davon zu wenden.

»Joao«, flüsterte er.

Sein Herz! dachte Joao.

Er sprang auf und eilte zu seinem Vater hinüber. »Vater! Was ist?«

Mit zitternden Fingern deutete der ältere Martinho auf etwas.

Zwischen den Dornen der Krone, über das schmerzentstellte elfenbeinerne Gesicht, über die angespannten Muskeln der Christusfigur krabbelte ein Insekt. Es war elfenbeinfarben und erinnerte der Form nach an einen Käfer. An der Brust und den Seiten hatte es jedoch eine Unzahl winziger Klauen, und seine abnorm langen Fühler waren mit feinsten Härchen bedeckt.

Der ältere Martinho griff nach einer Papierrolle, um das Insekt zu erschlagen, aber Joao hinderte ihn daran. »Warte. Das hier ist neu. So etwas habe ich noch nie gesehen. Gib mir eine Lampe. Wir müssen ihm folgen und herausfinden, wo es nistet.«

Senhor Prefect Martinho murmelte etwas Unverständliches, holte aus seiner Schreibtischschublade ein kleines Permalicht und gab es seinem Sohn.

Joao starrte das Insekt an, ohne jedoch die Lampe zu gebrauchen. »Wie seltsam es aussieht«, sagte er. »Wie genau sein Farbton dem des Elfenbeines entspricht.«

Das Insekt verharrte und richtete seine Fühler auf die beiden Männer.

»Merkwürdige Dinge sind schon gesehen worden«, sagte Joao. »Da gibt es Geschichten ... Irgend etwas wie dies hier wurde letzten Monat in einem der Grenzdörfer gefunden. Es war im Grünen Gebiet, auf einem Pfad an einem Flußufer. Zwei Farmer fanden es, als sie nach jemandem suchten, dem nicht gut zu sein schien. Joao sah seinen Vater an. »Man achtet sehr auf Krankheiten in den neuen Grünen Regionen, weißt du. Es hat Epidemien gegeben ... Und das ist auch so ein Punkt.«

»Da besteht kein Zusammenhang«, sagte sein Vater barsch. »Ohne Insekten, die Seuchen übertragen, werden wir weniger Krankheiten haben.«

»Vielleicht«, sagte Joao, und sein Ton drückte aus, daß er nicht daran glaubte.

Jetzt wandte er seine Aufmerksamkeit wieder dem Insekt zu. »Ich vermute, daß unsere Ökologen nicht alles glauben, was sie zu glauben vorgeben. Und ich mißtraue unseren chinesischen Ratgebern. Sie malen in so blumigen Wendungen aus, wie vorteilhaft es sei, nutzlose Insekten auszurotten, aber daß wir ihre Grünen Gebiete besuchen und inspizieren, erlauben sie nicht. Ausflüchte. Immer neue Ausflüchte. Ich glaube, die haben Probleme, von denen wir bloß nichts wissen sollen.«

»Davon kann keine Rede sein«, knurrte Martinho der Ältere, aber sein Ton verriet, daß er diese Position nicht unbedingt zu verteidigen beabsichtigte. »Das sind ehrenwerte Leute. Ihre Lebensart entspricht der unseren mehr als dem dekadenten Kapitalismus Nordamerikas. Du siehst sie zu sehr durch die Augen derer, die dich erzogen haben — das ist dein Problem.«

»Ich wette, daß dieses Insekt eine der spontanen Mutationen ist«, sagte Joao. »Fast habe ich den Eindruck, als erschienen sie nach irgendeinem Plan. Gib mir doch bitte etwas, worin ich es einsperren und ins Laboratorium bringen kann.«

Der ältere Martinho rührte sich nicht. »Wo, wirst du sagen, hast du es gefunden?«

»Na hier«, sagte Joao.

»Du würdest also nicht zögern, mich zusätzlich lächerlich zu machen?«

»Aber Vater . . .«

»Kannst du dir denn nicht denken, was sie sagen werden? In seinem eigenen Haus wird dieses Insekt gefunden. Es ist eine seltsame neue Art. Vielleicht züchtet er sie, um die Grünen Gebiete von neuem damit zu bevölkern.«

»Jetzt redest *du* aber Unsinn. Bei bedrohten Arten sind Mutationen recht häufig. Und wir können nicht leugnen, daß die Insekten bedroht sind — die Gifte, die Vibrationsbarrieren, die Fallen. Gib mir irgendeinen Behälter, Vater. Ich kann dieses Insekt jetzt nicht allein lassen, sonst würde ich mir selbst einen holen.«

»Und du willst sagen, wo du es fandest?«

»Anders geht es nicht. Wir müssen das Gelände hermetisch abschließen und durchsuchen. Dies könnte . . . ein Zufall sein . . .«

»Oder ein vorsätzlicher Versuch, mich in Verlegenheit zu bringen.«

Joao sah seinen Vater an. *Das* war natürlich eine Möglichkeit. Die Carsoniten hatten vielerorts Freunde, und manche davon waren Fanatiker, denen jedes Mittel recht war. Dennoch . . .

Joao mußte entschlossen handeln. Er wandte seine Aufmerksamkeit wieder dem bewegungslosen Insekt zu. Man mußte es seinem Vater sagen, mußte ihn aufklären, um jeden Preis. Jemand mit Autorität mußte ins Capitol gehen und dort seine Stimme erheben.

»Unsere ersten Gifte töteten die schwachen Insekten und selektierten jene, die dagegen immun waren«, sagte Joao. »Nur die immunen konnten sich fortpflanzen. Die Gifte, die wir jetzt gebrauchen ... Manche von ihnen lassen keine solchen Schlupflöcher mehr, und die tödlichen Vibrationen der Barrieren ...« er zuckte die Achseln. »Dies ist eine Art Käfer, Vater. Ich möchte dir etwas zeigen.«

Joao holte eine lange, metallisch schimmernde Pfeife aus seiner Tasche. »Es gab eine Zeit, wo das hier unzählige Käfer in den Tod lockte. Ich mußte es nur auf ihr Attraktionsspektrum stimmen.« Er setzte die Pfeife an die Lippen und blies hinein, wobei er ihr Ende verdrehte.

Kein menschlichen Ohren vernehmbarer Ton kam aus dem Instrument, aber die Fühler des Käfers verdrehten sich.

Joao setzte die Pfeife ab.

Die Fühler blieben jetzt ruhig.

»Er hat überlebt, verstehst du«, sagte Joao. »Und es gibt Anzeichen einer bösartigen Intelligenz bei ihnen. Die Insekten sind weit von der Ausrottung entfernt, Vater ... Und sie machen sich daran, zurückzuschlagen.«

»Bösartige Intelligenz, pah!«

»Du mußt mir glauben, Vater«, sagte Joao. »Niemand sonst hört mich an. Sie lassen uns sagen, wir seien zu lange im Dschungel gewesen. Und was haben wir denn für Beweise? Und solche Geschichten, sagen sie, kann man von unwissenden Farmern erwarten, aber nicht von *bandeirantes*. Du mußt mich anhören, Vater, und mußt mir glauben! Deswegen bin ich zu dir gekommen ... Weil du mein Vater bist und deinen eigenen Sohn anhören könntest.«

»Was soll ich glauben?« fragte der ältere Martinho mit einem kalten Blick auf seinen Sohn. Hochaufgerichtet stand er da, jetzt ganz Präfekt.

»Letzte Woche«, sagte Joao, »verloren Antonil Lisboas *bandeirantes* im *sertao* von Goyaz drei Männer, die ...«

»Unfälle.«

»Sie sind mit Ameisensäure und Copahu-Öl umgebracht worden.«

»Sie gingen unvorsichtig mit ihren Giften um. Die Leute werden unvorsichtig, wenn sie ...«

»Vater! Die Ameisensäure war ein besonders starker Typ, aber immer noch als durch ... oder als von Insekten produziert erkennbar. Und die Männer waren völlig durchdrungen davon. Was das Copahu-Öl betrifft ...«

»Willst du damit sagen, daß Insekten dieses ...« Der Präfekt deutete auf das bewegungslos verharrende Tier auf dem Kruzifix. »... blinde Geschöpfe wie dieses ...«

»Sie sind nicht blind, Vater.«

»Ich meine nicht blind im engsten Sinne des Wortes, sondern ohne Intelligenz«, sagte der ältere Martinho. »Du kannst doch nicht ernstlich behaupten, daß diese Kreaturen Menschen angriffen und töteten.«

»Wir müssen erst noch genau feststellen, woran die Männer zugrunde gegangen sind«, sagte Joao. »Wir haben nur ihre Leichen und die an Ort und Stelle vorhandenen Spuren. Aber es hat weitere Todesfälle gegeben, Vater, und auch Vermißte, und wir finden mehr und mehr Grund zu der Annahme, daß ...«

Er verstummte, als der Käfer vom Kruzifix auf den Schreibtisch hinunterkrabbelte. Sofort nahm er eine dunkelbraune Farbe an, die sich in nichts von der der Schreibtischplatte unterschied.

»Bitte, Vater. Gib mir irgend etwas, wo ich es hineinstecken kann.«

»Nur, wenn du mir versprichst, bezüglich des Fundortes dieser Kreatur Diskretion walten zu lassen«, sagte der Präfekt.

»Vater, ich ...«

Der Käfer hüpfte vom Schreibtisch weit weg in die Mitte des Raumes, lief dann zur Wand, die Wand hinauf und verschwand in einer Ritze bei einem Fenster.

Joao schaltete die Handlampe an und richtete ihren Strahl auf das kleine Loch, das den seltsamen Käfer verschluckt hatte.

»Wie lange ist dieses Loch schon da, Vater?«

»Jahrelang. Ein Fehler im Mauerwerk ... Ein Erdbeben, glaube ich.«

Joao wandte sich um, war mit drei Schritten an der Tür, durchmaß einen überwölbten Korridor, eilte eine steinerne Treppe hinunter durch eine weitere Tür, dann durch eine kurze Halle und ein schmiedeeisernes Tor in den Garten. Er stellte die Lampe auf volle Stärke und ließ ihren bläulichen Strahl unterhalb des Arbeitszimmerfensters über die Wand streichen.

»Joao, was tust du denn da?«

»Was ich tun muß, Vater«, sagte Joao. Er blickte sich um und sah, daß der ältere Martinho jetzt am Gittertor stand.

Joao wandte seine Aufmerksamkeit wieder der Außenwand zu

und inspizierte die einzelnen Mauersteine unterhalb des Fensters. Dann bückte er sich nieder und strahlte den Boden an, drehte jeden Erdbrocken um, leuchtete jeden Schatten aus.

Er überprüfte die Erde, die Büsche, dann die Wiese.

Joao hörte, wie sein Vater von hinten zu ihm trat.

»Siehst du es, Sohn?«

»Nein, Vater.«

»Du hättest es mich erschlagen lassen sollen.«

Vom äußeren Teil des Gartens, dort, wo eine Mauer ihn von der Straße trennte, kam jetzt ein durchdringendes Zirpen. Es kam in fast körperlich spürbaren Schwingungen durch die Luft und ließ Joao an den Jagdschrei von Dschungelraubtieren denken. Ein Schauder lief ihm über den Rücken. Er wandte sich zur Einfahrt hinüber, wo er seinen Airtruck geparkt hatte, leuchtete mit dem bläulichen Licht seiner Lampe dorthin.

Plötzlich starrte er auf den Rasen. »Was ist das?«

Der Boden schien in Bewegung zu sein und nach ihnen zu greifen wie eine Meereswoge am Strand. Schon waren sie vom Haus abgeschnitten. Die Woge war jetzt noch zehn Schritte entfernt, kam aber rasch näher.

Joao sprang auf, umklammerte den Arm seines Vaters. Seine Stimme war ruhig; er wollte den alten Mann nicht noch mehr aufregen. »Wir müssen zu meinem Fahrzeug, Vater. Wir müssen über sie weglaufen.«

»Sie?«

»Es sind Insekten, wie das in deinem Zimmer, Vater — Millionen davon. Vielleicht sind es doch keine Käfer. Vielleicht sind sie so etwas wie Ameisensoldaten. Wir müssen zu meinem Fahrzeug. Dort habe ich, was wir brauchen. Dort sind wir sicher. Es ist ein *bandeirante*-Fahrzeug, Vater. Du mußt mit mir mitlaufen, Vater. Ich werde dir helfen.«

Sie begannen zu rennen. Joao hielt seinen Vater am Arm und wies mit der Lampe den Weg.

Gib, daß sein Herz durchhält, betete Joao.

Jetzt befanden sie sich mitten in der Woge krabbelnder Insekten, aber die Kreaturen hüpften zur Seite, einen Durchgang öffnend, der sich hinter den beiden sogleich wieder schloß.

Dann war ein gutes Dutzend Meter vor ihnen der Umriß des Airtrucks schemenhaft zu erkennen.

»Joao . . . mein Herz«, hörte Joao seines Vaters erstickte Stimme.

»Du schaffst es«, keuchte er. »Schneller!« Beinahe trug er seinen Vater während der letzten Schritte.

Jetzt waren sie bei der breiten Hecktür, die in die Laboratoriumskabine des Airtrucks führte. Joao riß die Tür auf, knipste das Licht an, langte nach einer Spraykapuze und einem Giftgewehr. Plötzlich blieb er wie erstarrt stehen.

Da saßen zwei Männer — dem Aussehen nach *sertao*-Indianer mit blitzenden Augen und in der Stirn gerade abgeschnittenem Haar unter Strohhüten. Sie sahen aus wie völlig identische Zwillinge — bis hin zu ihrer lehmgrauen Kleidung, zu den Sandalen und den ledernen Schultersäcken. Die käferartigen Insekten krabbelten um sie herum, an den Wänden hoch, über die Instrumente und Fläschchen.

»Was, zum Teufel . . .« entfuhr es Joao.

Einer der beiden hielt eine Qena-Flöte. Er machte eine Geste damit und sagte mit rauher, seltsam klingender Stimme: »Kommen Sie 'rein. Wenn Sie gehorchen, wird Ihnen nichts geschehen.«

Joao bemerkte, wie sein Vater zusammensackte, und fing den alten Mann in seinen Armen auf. Wie leicht er doch war! Seinen Vater in den Armen, stieg Joao in das Fahrzeug. Der ältere Martinho atmete schwer und stoßweise. Sein Gesicht war bläulich angelaufen; Schweiß stand auf seiner Stirn.

»Joao«, flüsterte er. »Der Schmerz . . . meine Brust.«

»Medizin, Vater«, sagte Joao. Wo ist deine Medizin?«

»Haus«, sagte der alte Mann.

»Scheint zu sterben«, sagte der eine Indianer.

Den Vater noch in den Armen, fuhr Joao zu den beiden herum und rief wütend: »Ich weiß nicht, wer ihr seid oder warum ihr das Ungeziefer hier losgelassen habt, aber mein Vater braucht Hilfe, sonst wird er sterben. Aus dem Weg!«

»Gehorchen Sie, oder Sie sterben beide«, sagte der Indianer mit der Flöte.

»Er braucht seine Medizin und einen Arzt«, sagte Joao flehend. Die Weise, wie der Indianer ihm die Flöte entgegenstreckte, gefiel Joao nicht. Die Art seiner Geste ließ vermuten, daß das Instrument in Wirklichkeit eine Waffe war.

»Welcher Teil hat versagt?« fragte der andere Indianer. Er starrte Joaos Vater neugierig an. Der Atem des alten Mannes war kurz und keuchend geworden.

»Es ist sein Herz«, sagte Joao. »Ich weiß, daß Ihr Farmer glaubt, er hat sich nicht so übermäßig angestrengt, um . . .«

»Keine Farmer«, sagte der eine mit der Flöte. »Herz?«

»Pumpe«, sagte der andere.

»Pumpe.« Der Indianer mit der Flöte stand von der Bank an der Stirnwand des Laboratoriums auf und deutete darauf. »Legen Sie . . . Vater hierher.«

Auch der andere Indianer stand jetzt von der Bank auf und trat zur Seite.

Trotz seiner Angst um seinen Vater fiel Joao das seltsame Aussehen dieses Paares auf — die feinen, schuppenartigen Linien auf ihrer Haut, der blitzende Glanz ihrer Augen.

»Legen Sie Vater hierher«, wiederholte der eine mit der Flöte und deutete auf die Bank. »Er kann Hilfe . . .«

». . . erhalten«, sagte der andere.

»Erhalten«, sagte der eine mit der Flöte.

Joao warf jetzt einen Blick auf die unzähligen Insekten an der Wand, die bewegungslos dort verharrten. Sie waren von der gleichen Art wie das im Arbeitszimmer seines Vaters.

Der Atem des alten Mannes war jetzt sehr flach, sehr kurz.

Er stirbt, dachte Joao verzweifelt.

»Er kann Hilfe erhalten«, wiederholte der mit der Flöte. »Wenn Sie gehorchen, wir tun Ihnen nichts.«

Der Indianer hob seine Flöte und legte sie auf Joao an wie eine Waffe. »Gehorchen.«

Die Geste war nicht mißzuverstehen.

Vorsichtig trug Joao seinen Vater zu der Bank und legte ihn darauf nieder.

Der andere Indianer beugte sich über den älteren Martinho und schob ihm ein Augenlid hoch. Er tat es mit einer gewissen professionellen Direktheit. Dann drückte er sanft auf das Zwerchfell des Sterbenden, lockerte den Gürtel des Präfekten, öffnete seinen Kragen. Ein kurzer brauner Finger legte sich auf die Halsarterie des alten Mannes.

»Sehr schwach«, krächzte der Indianer.

Joao besah sich diesen Indianer genau, erstaunt über den Hinterwäldler aus dem *sertao,* der sich wie ein Arzt gebärdete.

»Wir müssen ihn in ein Krankenhaus bringen«, sagte Joao. »Und seine Medizin in . . .«

»Krankenhaus«, stimmte der Indianer zu.

»Krankenhaus?« fragte der mit der Flöte.

Ein leises, zirpendes Zischen kam von dem anderen Indianer.

»Krankenhaus«, sagte der mit der Flöte.

Dieses zirpende Zischen! Joao starrte den Indianer neben dem Präfekten an. Das Geräusch erinnerte ihn an die seltsamen Laute, die er auf der Wiese vor dem Hause gehört hatte.

Der mit der Flöte stieß ihn in die Seite und sagte: »Sie gehen nach vorn und steuern dieses . . .«

»Fahrzeug«, sagte der neben Joaos Vater.

»Fahrzeug«, sagte der mit der Flöte.

»Krankenhaus?« fragte Joao bittend.

»Krankenhaus«, stimmte der mit der Flöte zu.

Joao sah wieder zu seinem Vater hinunter. Der andere Indianer war schon dabei, den älteren Martinho auf der Bank festzuschnallen. Wie kompetent der Mann trotz seines hinterwäldlerischen Aussehens zu sein schien.

»Gehorchen«, sagte der mit der Flöte.

Joao öffnete die Tür zur Fahrerkabine, schlüpfte nach vorn und spürte, wie der andere ihm folgte. Auf der gebogenen Windschutzscheibe waren ein paar dunkle Tropfen. Joao zwängte sich auf den Fahrersitz. Hinter ihm kauerte sich der Indianer nieder, die Flöte auf ihn gerichtet.

Irgendeine Art Blasrohr, vermutete Joao.

Er drückte auf den Anlasserknopf und schnallte sich an, während er darauf wartete, daß die Turbinen genügend Drehzahl entwickelten. Der Indianer kauerte immer noch hinter ihm, verletzbar freilich, wenn Joao sehr scharf in die Kurve ging. Joao schaltete den Kommunikator ein und sah auf den winzigen Bildschirm am linken Ende des Armaturenbretts, der ihm das Laboratoriumsabteil zeigte. Die hinteren Türen waren offen. Er schloß sie hydraulisch. Sein Vater war jetzt sicher auf der Bank festgeschnallt, stellte Joao fest, aber der andere Indianer war gleichfalls gesichert.

Die Turbinen heulten jetzt schrill. Joao schaltete die Lichter und den hydrostatischen Antrieb an. Das Fahrzeug hob sich zehn Zentimeter, die Nase leicht angestellt. Er bog links in die Straße ein, ging weitere zwei Meter in die Höhe, um die Geschwindigkeit zu erhöhen, hielt auf die Lichter eines Boulevards zu.

Der Indianer sagte ganz nahe an seinem Ohr: »Sie fahren zu dem Berg dort drüben.« Er streckte die Hand aus und deutete nach rechts. *Die Alejandro-Klinik ist dort in den Vorhügeln,* dachte Joao.

Er drehte ab, wie ihm der Indianer geheißen hatte.

Er ging einen weiteren Meter höher und steigerte erneut die Geschwindigkeit. Gleichzeitig schaltete er den Intercom zum hinteren Abteil an und stellte Zusatzverstärker und -mikrofon ein, die sich unter der Bank befanden, auf der sein Vater lag.

Der Verstärker, der das Geräusch einer fallengelassenen Nadel wie Artilleriefeuer klingen lassen konnte, übermittelte nur ein schwaches Zischen und Krächzen. Joao vergrößerte die Lautstärke. Der Verstärker hätte jetzt laut und deutlich das Pochen des Herzens des alten Mannes in die Fahrerkabine übertragen müssen.

Doch da war nichts.

Tränen traten in Joaos Augen. Er wischte sie mit dem Handrücken weg, um besser sehen zu können.

Mein Vater ist tot, dachte er. *Und diese verrückten Hinterwäldler haben ihn umgebracht.*

Auf dem Bildschirm war jetzt zu sehen, daß der Indianer dort hinten eine Hand unter dem Rücken des älteren Martinho hatte. Der Indianer schien den Rücken des Toten zu massieren; ein rhythmisch wetzendes Geräusch paßte genau zu seiner Bewegung.

Zorn erfüllte Joao. Er kämpfte mit dem Gedanken, den Airtruck gegen irgendein Hindernis zu steuern, um diese beiden Verrückten mit sich in den Tod zu reißen.

Sie näherten sich jetzt den Außenbezirken der Stadt; hier gab es Kleingärten und Häuschen, geschützt durch schwebende Baldachine.

Joao zog den Airtruck darüber hinweg und steuerte zum Boulevard hinüber.

Zur Klinik, ja, dachte er. *Aber es ist zu spät.*

In diesem Augenblick wurde ihm klar, daß vom Laborabteil überhaupt kein Herzschlag kam — nur dieses langsame, rhythmische Wetzen, ein schwaches Surren und ein zikadenartiges, in der Tonhöhe wechselndes Zirpen.

»Zu den Bergen, dort«, sagte der Indianer hinter ihm.

Wieder wies seine Hand nach rechts.

Die von den Kontroll-Lampen beleuchtete Hand nahe vor Augen sah Joao die schuppenartigen Teile eines Fingers leicht die Position verändern. Und er erkannte an den winzigen Klauenrändern, was diese Schuppen waren.

»Die Käfer!«

Der Finger war aus Käfern zusammengesetzt, die sich wie auf Kommando koordiniert bewegten!

Joao drehte sich um, starrte in die Augen des *Indianers* und sah jetzt, warum sie so glitzerten: Sie bestanden aus tausenden kleinster Facetten.

»Krankenhaus dort«, sagte die Kreatur neben ihm und wies hinüber.

Joao wandte sich wieder der Steuerung zu, bemüht, die Fassung nicht zu verlieren. Das waren keine Indianer ... Das waren nicht einmal Menschen. Es waren Insekten — irgendeine Art von Insektenschwarm, so organisiert, daß ihre Gesamterscheinung der eines Menschen täuschend ähnlich sah.

Die Konsequenzen dieser Entdeckung gingen ihm durch den Kopf. Wie ertrugen sie ihr Gewicht? Wie ernährten sie sich — wie atmeten sie?

Und wie sprachen sie?

Die Beschaffung dieser Information und von Beweisstücken, die es ermöglichen würden, die Fakten in einem der großen Laboratorien nachzuprüfen, war jetzt das Wichtigste. Alles andere mußte dem untergeordnet werden.

Selbst der Tod seines Vaters durfte jetzt keine Rolle spielen. Er mußte sich eines dieser Objekte bemächtigen und damit fliehen.

Er langte nach oben, stellte den Kommandosender an und schaltete einen Rückkehrruf ein. *Laß ein paar von meinen Irmaos wach sein und ihre Bildschirme beobachten,* betete er.

»Mehr nach rechts«, sagte das Wesen hinter ihm.

Wieder korrigierte Joao den Kurs.

Der Mond stand jetzt hoch über ihnen und beleuchtete eine Reihe von *bandeirante*-Türmen zur Linken. Die erste Barriere.

Bald würden sie das grüne Gebiet verlassen und in das graue kommen — dann, hinter diesem kam eine weitere Barriere und das rote Gebiet, dessen Ausläufer sich wie Finger durch die Goyaz und den Mato Grosso erstreckten. Joao sah vereinzelte Lichter von Wiederbesiedlungsplan-Farmen. Dahinter war Dunkelheit.

Der Airtruck flog schneller, als er es wollte, aber Joao wagte nicht, die Fahrt zu verlangsamen. Die beiden hätten Verdacht schöpfen können.

»Höher hinauf«, sagte das Wesen hinter ihm.

Joao erhöhte den Vortrieb, hob die Nase des Fahrzeugs an. Er ging auf dreihundert Meter Höhe.

Weitere *bandeirante*-Türme kamen in Sicht. Sie lagen jetzt näher beisammen. Die Instrumente zeigten die Barrieren-Signale an. Joao blickte nach hinten zu dem *Indianer*. Die Vibrationen schienen dem Wesen nichts anzuhaben.

Joao sah zum Seitenfenster hinaus. Niemand würde ihn anhalten, das wußte er. Dies war ein *bandeirante*-Airtruck auf dem Weg in die rote Zone ... Und sein Sender strahlte einen Rückkehrruf aus. Die Männer dort unten würden annehmen, er sei der Anführer einer Gruppe, unterwegs, seine Männer zu holen.

Silbrig im Mondlicht glänzend, wandt sich unter ihm die Schlange des Sao Francisco, und die kleineren Wasserstraßen kamen wie Fäden aus den Vorbergen.

Ich muß das Nest finden — wo wir hinfliegen, dachte Joao. Er fragte sich, ob er wohl seinen Empfänger einschalten konnte — aber wenn sich dann seine Männer meldeten ... Nein. Das konnte den Argwohn der Kreaturen erregen; sie würden vielleicht zu gewaltsamen Gegenmaßnahmen schreiten.

Meine Männer werden begreifen, daß etwas nicht stimmt, wenn ich nicht antworte, dachte er. *Sie werden uns folgen.*

Falls irgendeiner von ihnen meinen Ruf hört.

Stunden vergingen.

Nichts als mondbeschienener Dschungel raste jetzt unter ihnen vorbei, und der Mond stand nun schon tief am Horizont. Bald würde er untergehen. Dies war die tiefrote Region, wo zum ersten Male Gift in riesigen Mengen versprüht worden war — mit katastrophalen Folgen. Hier waren die ersten wilden Mutationen entstanden. Hier hatte man Rim Kelly zum letzten Male gesehen.

Dies war das Gebiet, das für die letzte Attacke mit einer beweglichen Barriere ausersehen war, sobald eine genügend kurze Barriere erstellt werden konnte.

Joao lud den Notsprengsatz, der Vorder- und Hinterkabine des Fahrzeugs trennen würde, wenn er ihn zündete. Die Stummelflügel des Vorderteils und sein Reserve-Raketenmotor würden es ihm ermöglichen, wieder *bandeirante*-Gebiet zu erreichen.

Das Wesen saß hinter ihm und rührte sich nicht. Joao hoffte.

Sein Blick ging über den Horizont. War das dort hinten Widerschein des Mondlichts oder ein anderes Fahrzeug? Es war nicht klar zu erkennen.

»Wie weit noch?« fragte Joao.

»Weiter«, krächzte die Kreatur.

Nun, da er darauf achtete, hörte Joao das modulierte Zirpen in dieser Stimme.

»Aber wie lange?« fragte Joao. »Mein Vater ...«

»Krankenhaus für ... den Vater dort«, sagte die Kreatur.

Bald würde es dämmern. Am Horizont konnte Joao den ersten Morgenschimmer erkennen. Die Nacht war so rasch vergangen. Joao fragte sich, ob diese Kreaturen ihm irgendeine zeitverzerrende Droge injiziert hatten, ohne daß er es bemerkte. Er verwarf den Gedanken. Er verhielt sich weiter entsprechend den Erfordernissen des Augenblicks. Jetzt war nicht die Zeit für Müdigkeit oder Langeweile, da er sich jedes halbwegs erkennbare Merkmal der Landschaft einprägen und alles wahrnehmen mußte, was an diesen Kreaturen wahrnehmbar war.

Wie koordinierten sie die einzelnen Teile?

Das Plateau des Mato Grosso wurde im Dämmerlicht sichtbar. Joao blickte zum Fenster hinaus. Diese Region, das wußte er, erstreckte sich über 5° Breite und 6° Länge. Einst war sie ein Gebiet isolierter *facendas* gewesen, die von unabhängigen Schwarzen und von *sertanistos* bestellt wurden, welche das *encommendero*-Kolonisierungssystem hierher gezwungen hatte. Es war ein Dschungel mit Hartholzbäumen und schmalen Wasserläufen, deren Ufer von Bäumen und Büschen, Farnen und Schlingpflanzen überwachsen waren.

Selbst jetzt noch war es urtümliches Land, eine Tatsache, welche weitgehend Insekten und Seuchen zugeschrieben wurden. Es war eine der letzten Bastionen wimmelnden Insektenlebens, wenn man den Berichten der Internationalen Ökologischen Organisation Glauben schenken konnte.

Der Nachschub für die *bandeirantes,* die diese Insektenbastion attackieren würden, würde über Sao Paolo kommen — über Lufttransport und die vielstöckigen Fernstraßen, dann in antiken Dieselzügen nach Itapira, auf Lastkähnen nach Bahus und schließlich per Airtruck nach Registo und Leopoldina am Araquaia.

Hier wimmelte es von Insekten: Es gab Drahtwürmer im Wurzelwerk aller möglichen Pflanzen, Larven in der feuchten, schwarzen Erde, Springkäfer, pfeilähnliche Angita-Wespen, Chalcis-Fliegen, Sphecidae, Braconidae, Hornissen, weiße Termiten, Blutasseln, Ameisen, Läuse, Moskitos, Motten, Schaben, exotische Falter, Mantidae und zahllose unnatürliche Mutationen von alledem.

Dies würde ein teurer Krieg werden — wenn er nicht gestoppt wurde —, denn er war schon verloren.

So darf ich nicht denken, sagte Joao zu sich selbst. *Aus Respekt vor meinem Vater.*

IOO-Karten von diesem Gebiet waren in verschiedenen Rot-Tönen gehalten. Die rote Fläche war von einem grauen Ring umgeben, der in rosa überging, wo eine oder zwei robuste Insektenarten den Waffen des Menschen widerstanden hatten: Dem Napalm, dem Nervengift, den Sonitoxics und all den mechanischen Fallen und Tötungsgeräten im Arsenal der *bandeirantes.*

Das ganze Gebiet würde man mit einem Koordinatennetz überziehen und jedes Quadrat von tausend Hektar der meistbietenden der unabhängigen Gruppen zur Desinfektion überlassen.

In einer Weise sind wir bandeirantes die letzte Entwicklungsstufe der Raubtiere, dachte Joao. *Kein Wunder, daß diese Kreaturen uns nachahmen.*

Wie gut aber war diese Imitation wirklich? fragte er sich. Und wie tödlich war sie für die Raubtiere?

»Dort«, sagte die Kreatur hinter ihm, und die aus winzigen Einzelteilen zusammengesetzte Hand deutete auf eine Böschung, die sich dunkel vor ihnen im Morgenlicht abzeichnete.

Joaos Fuß trat auf einen Druckknopf im Boden, der einen gewaltigen Farbnebel entließ und damit im Umkreis von einer Meile das Gelände unter ihnen markierte. Gleichzeitig begann Joao mit dem Abzählen der fünf Sekunden, die bis zur Zündung der Trennladung verstreichen mußten.

Die Absprengung erfolgte mit schmetterndem Krachen. Die Kreatur hinter ihm war gegen die rückwärtige Wand der Kabine geschleudert worden, das wußte Joao, ohne sich umzusehen. Er fuhr die Stummelflügel aus, verstärkte den Schub der Raketenmotoren und riß die Kabine herum. Er sah, wie sich der hintere Teil des Airtrucks — durch den hydrostatischen Antrieb automatisch gebremst — langsam im Bereich der orangen Farbwolke zur Erde senkte.

Ich komme zurück, Vater, dachte Joao. *Ich werde dich bei deiner Familie und deinen Freunden begraben.*

Nach einem Blick auf die Instrumente drehte er sich in seinem Sitz herum, um nachzusehen, wie es mit seinem Gefangenen stand.

Und ihm stockte der Atem.

Die hintere Wand wimmelte von Insekten, die sich um etwas

Weißes, Pulsierendes drängten. Das lehmbraune Hemd und die Hose waren zerrissen. Aber schon waren Insekten dabei, beides zu reparieren, indem sie Fäden spannten und miteinander verwoben. Neben dem, was da weiß pulsierte, war eine gelbliche Masse zu erkennen. Und etwas Dunkelbraunes zeichnete sich ab, das aussah wie ein Skelett.

Es war wie ein menschliches Skelett — und es bestand aus Chitinmasse.

Unter seinen Augen setzte das Ding sich wieder zusammen. Lange haarige Fühler gruben sich in die Struktur und verkoppelten sich damit. Die Flöten-Waffe war nicht zu sehen, und der Ledersack des Dings war in einer Ecke gelandet. Aber die Augen waren in ihren braunen Höhlen und starrten ihn an. Der Mund formte sich wieder.

Die gelbe Masse zog sich zusammen, und aus dem halb wiedergebildeten Munde ließ sich eine Stimme vernehmen.

»Hören Sie zu«, schnarrte sie.

Joao schluckte, fuhr abrupt zur Steuerung herum und versetzte die Kabine in wilde, wirbelnde Drehung.

Ein hohes, durchdringendes Summen wurde hinter ihm hörbar. Es war ein Geräusch, das durch Mark und Bein ging. Etwas krabbelte an seinem Hals empor. Er schlug danach und zerquetschte es.

Joao dachte nur noch an Flucht. Verzweifelt auf die Erde hinunterstarrend, bemerkte er rechts von sich einen weißen Fleck in der Savanne und im gleichen Augenblick neben sich einen weiteren Airtruck mit dem Zeichen seiner eigenen *irmandades*-Truppe an der Seite.

Der weiße Fleck in der Savanne löste sich in eine Ansammlung von Zelten auf, zwischen denen das orange-grüne Banner der IOO flatterte.

Joao steuerte zu den Zelten hinunter und betete, daß der andere Airtruck ihm folgen möge.

Etwas stach ihn in die Wange. Sie waren in seinem Haar und bissen und stachen. Er zündete die Bremsraketen und hielt auf eine freie Stelle etwa fünfzig Meter neben den Zelten zu. Jetzt war das ganze Fenster voller Insekten, die ihm die Sicht versperrten. Mit einem Stoßgebet riß Joao den Steuerknüppel zurück und spürte, wie die Kabine unsanft aufsetzte und dann weiter über die Savanne schlingerte. Noch bevor sie zum Stillstand kam, sprengte er das Glasdach ab, löste den Sicherheitsgurt und sprang mit einem gewaltigen Satz hinaus.

Er rollte durch das Gras. Insektenbisse brannten am ganzen Körper wie Feuer. Hände packten ihn, und er spürte, wie eine schützende Gallertmaske auf sein Gesicht klatschte. Eine Stimme — er erkannte sie als die Thomes von seiner eigenen Gruppe — sagte: »Hierher, Johnny! Los!« Sie rannten weg.

Er hörte eine Spraykanone feuern: »Whuuusch!«

Noch einmal.

Und noch einmal.

Arme packten ihn, rissen ihn mit sich fort, über einen Graben hinweg.

Und dann stürzten sie übereinander. Eine Stimme sagte: »Heilige Maria! Seht euch das an!«

Joao zupfte sich die Gallertmaske vom Gesicht, setzte sich auf und starrte über die Savanne. Um die seitwärts gekippte Kabine und den Airtruck, der daneben gelandet war, wimmelte das Gras von Insekten.

Joao blickte sich um und zählte sieben seiner *irmaos*, darunter Thome, seinen Hauptspraymann, der offenbar das Kommando hatte.

Seitlich hinter ihnen standen fünf andere Leute. Die Frau erkannte Joao sofort: Dr. Rhin Kelly von der IOO. Als sie sich im *A'Chigua Night club* in Bahia begegnet waren, war sie Joao exotisch und begehrenswert erschienen. Jetzt trug sie statt Abendkleid und Juwelen eine Uniform, und ihr Blick war ganz und gar nicht einladend.

»Ich sehe hier eine gewisse poetische Gerechtigkeit . . . Verräter!« sagte sie.

Joao erhob sich, nahm das Stück Stoff, das einer seiner Männer ihm reichte, und wischte sich den Rest der Gallertmaske ab. Hände bürsteten über sein Überzeug und wischten tote Insekten davon weg. Der Schmerz auf seiner Haut wich jetzt allmählich unter der Einwirkung des medizinischen Gels. Dann überschüttete man ihn mit Fragen; erst jetzt bemerkte er, in welcher Stimmung die Leute vom IOO waren.

Sie waren wütend, und ihre Wut galt ihm . . . Und den anderen *irmandades*.

Joao musterte die Frau. Ihr Gesicht war leicht gerötet, und ihre grünen Augen taxierten ihn kalt.

»Dr. Kelly?« sagte Joao.

»Wenn das nicht Joao Martinho ist, *jefe* der *irmandades*«, sagte sie, »der Verräter der Piratininga.«

»Die sind wahnsinnig, sonst gar nichts, glaube ich«, sagte Thome.

»Ihre süßen Kleinen sind Ihnen wohl auf den Pelz gerückt, wie?« fragte sie. »Mußte doch wohl so kommen.«

»Würden Sie mir bitte sagen, wie Sie das meinen?« erwiderte Joao.

»Ist wohl kaum nötig«, sagte sie. »Lassen Sie es sich von Ihren Freunden dort drüben erklären.« Sie deutete an den Rand der Savanne, wo der Dschungel begann.

Joaos Blick folgte ihrer Geste. Er sah eine Reihe von Männern in *bandeirante*-Weiß, die unbehelligt mitten unter den wimmelnden, springenden Insekten im Dschungelschatten standen. Er nahm das Fernglas, das einer seiner Männer um den Hals hatte, und stellte es auf die Gestalten ein. Er wußte, worauf er zu achten hatte. Das machte die Identifizierung einfach.

»Tommy«, sagte Joao.

Thome, sein Hauptspraymann, neigte sich zu ihm, wobei er an einem Insektenstich auf seiner bronzebraunen Wange kratzte.

Mit leiser Stimme erklärte Joao, was die Gestalten am Dschungelrand waren.

»Oooh«, sagte Thome. Ein *irmandade* neben Joao bekreuzigte sich.

»Was war das, worüber wir da gesprungen sind, als wir ankamen?« fragte Joao.

»Ein Graben«, sagte Thome. »Er scheint mit Couroq-Gallert gefüllt zu sein . . . irgendeine Art von Insektenbarriere.«

Joao nickte. Allmählich wurde die Situation hier etwas ungemütlich. Er sah Rhin Kelly an. »Dr. Kelly, wo sind denn Ihre anderen Leute? Zu einem IOO-Team gehören doch mehr als fünf?«

Sie kniff die Lippen zusammen und schwieg.

»Hmm.« Joao warf einen Blick auf die Zelte, sah, wie verwittert sie waren. »Wo ist Ihre Ausrüstung? Wo sind die Lastwagen, die Laboratoriums- und die anderen Fahrzeuge?«

»Wieso fragen Sie das?« sagte sie, aber ihre spöttische Stimme hatte einen Unterton der Unsicherheit. »Einen Kilometer von hier, dort drüben zwischen den Bäumen . . .« Sie nickte nach links hinüber. ». . . liegt ein kaputter Dschungellaster mit dem größten Teil unserer . . . unserer Ausrüstung, wie Sie es nennen. Die Räder des Lasters wurden von Säure zerfressen.«

»Säure?«

»Es roch wie Oxalik«, sagte einer der Männer, ein blonder, nordischer Typ mit einer Narbe unter dem rechten Auge.

»Beginnen Sie mit dem Anfang«, sagte Joao.

»Vor beinahe sechs Wochen wurden wir hier abgeschnitten«, sagte der blonde Mann. »Irgend etwas machte unsere Funkstation und unseren Laster kaputt — die Dinger sahen aus wie riesige Flöhe — und können einen Säurestrahl gut fünfzehn Meter weit spritzen.«

»In meinem Laboratorium ist ein Glaskasten mit drei toten Exemplaren davon«, sagte. Dr. Kelly.

Joao biß sich nachdenklich auf die Lippen. »Und?«

»Ich habe einen Teil von dem mitgehört, was Sie Ihren Männern dort erklärten«, sagte sie. »Meinen Sie, daß wir das glauben?«

»Was Sie glauben, ist mir ganz gleichgültig«, sagte Joao. »Wie sind Sie hierher gekommen?«

»Wir haben *caramuru*-Kaltfeuerspray benutzt und uns hierher durchgekämpft«, sagte der blonde Mann. »Wir nahmen an Vorräten und Ausrüstung mit, was wir tragen konnten, hoben rundherum einen Graben aus, schütteten das Couroq-Pulver hinein, gaben die Gallertmasse und schließlich noch unser *copahu*-Öl hinzu . . . und da saßen wir dann.«

»Wieviele von Ihnen?« fragte Joao.

»Wir waren vierzehn«, sagte der Mann.

Joao rieb sich den Hals, wo die Insektenstiche wieder zu brennen begannen. Einen nach dem anderen besah er sich seine Männer, schätzte ihre Kondition und ihre Ausrüstung ab, zählte vier Spraygewehre, sah, daß die Männer Reservekartuschen umhängen hatten.

»Der Airtruck reicht aus«, sagte er. »Wir müssen hier weg.«

Dr. Kelly sah in die Savanne hinaus und sagte: »Ein paar Sekunden nach Ihrer Landung, fürchte ich, war es dafür bereits zu spät, *bandeirante*. In einem Tag oder so wird es hier wohl ein paar Verräter weniger geben. Sie sind in Ihrer eigenen Falle gefangen.«

Joao wandte sich zum Airtruck um und bellte: »Tommy! Vince! Macht euch . . .« Er verstummte, als der Airtruck langsam nach links kippte.

»Fairerweise muß ich Sie davor warnen, dem Rand des Grabens zu nahe zu kommen, bevor Sie die andere Seite besprüht haben. Die kommen gut fünfzehn Meter weit mit ihrem Säurestrahl . . .

und wie Sie sehen können ...« mit dem Kopf machte sie eine Geste zum Airtruck hinüber »... frißt die Säure Metall.«

»Sie sind wahnsinnig«, sagte Joao. »Warum haben Sie uns nicht sofort gewarnt?«

»Sie gewarnt?«

Der blonde, nordische Typ sagte: »Rhin, vielleicht sollten wir ...«

»Seien Sie ruhig, Hogar«, sagte sie und wandte sich wieder Joao zu. »Wir haben neun Männer an Ihre putzigen Spielkameraden verloren.« Sie warf einen Blick auf die kleine Gruppe der *irmandadès.* »Wegen eures Verrats. Dafür werdet ihr büßen.«

»Sie sind ja verrückt!« sagte Joao.

»Hören Sie auf, den Unschuldigen zu spielen, *bandeirante«,* sagte sie. »Wir haben Ihre Leute dort drüben gesehen. Wir haben die artigen Tierchen gesehen, die Sie dort züchteten ... und wir haben gesehen, daß Sie zu hoch hinaus wollten. Und jetzt ist Ihnen die Sache aus den Händen geglitten.«

»Sie können nicht gesehen haben, daß meine *irmaos* so etwas taten«, sagte Joao. Er blickte zu Thome. »Tommy, paß gut auf diese Verrückten auf.« Er nahm das Spraygewehr eines seiner Männer und seine Reservekartuschen und gab den drei anderen Bewaffneten einen Wink. »Ihr da — kommt mit.«

»Johnny, was haben Sie vor?« fragte Thome.

»Ich muß das Zeug auf dem Laster in Sicherheit bringen«, sagte Joao. Er ging in Richtung des Airtrucks zum Graben, sprühte einen dicken, fast schaumigen Nebel auf die andere Seite, bedeutete den anderen, ihm nachzufolgen, und sprang über den Graben.

Etwas mehr als eine Stunde später kamen die *irmandades* wieder zurück. Alle hatten Säureverbrennungen erlitten, zwei der Männer sogar schwere. Sie hatten weniger als ein Viertel der Ausrüstungsgegenstände in dem Airtruck sichergestellt; ein Sender war nicht darunter.

»Die kleinen Teufel hatten es zu allererst auf das Funkgerät abgesehen, das ist ganz offensichtlich«, sagte Thome. »Aber woher kennen sie so etwas?«

Joao sagte: »Darüber mache ich mir lieber keine Gedanken.« Er öffnete einen Erste-Hilfe-Kasten und begann, seine Männer zu behandeln. Einer hatte schwere Säureverbrennungen an Gesicht und Schultern. Bei einem anderen löste sich das Fleisch vom Rücken.

Dr. Kelly kam hinzu und half ihm, die Männer zu versorgen. Aber sie sagte kein Wort, ja weigerte sich, auch nur die einfachsten Fragen zu beantworten.

Schließlich betupfte Joao eine Verbrennung an seinem eigenen Arm mit neutralisierender Lösung. Quälender Schmerz durchfuhr ihn, aber er biß die Zähne zusammen. »Wo sind diese *chiguas*, die Sie gefunden haben?«

»Suchen Sie sie doch selbst!« fauchte sie.

»Sie sind blind, prinzipienlos und größenwahnsinnig«, sagte Joao mit ruhigem Ton. »Aber ich warne Sie: Treiben Sie es nicht zu weit!«

Ihr Gesicht wurde kreidebleich, und ihre grünen Augen funkelten ihn an.

Joao packte sie am Arm und zerrte sie grob zu den Zelten hinüber. »Zeigen Sie mir diese *chigua!*«

Sie riß sich los, warf ihr rotes Haar in den Nacken und starrte ihn herausfordernd an. Joao musterte sie mit provozierender Lässigkeit von Kopf bis Fuß.

»Wenden Sie nur Gewalt an«, sagte sie. »Ich weiß, daß ich mich Ihnen nicht widersetzen kann.«

»Sie benehmen sich wie eine Frau, die Gewaltanwendung braucht ... und sogar will«, sagte Joao. »Wollen Sie, daß ich Sie meinen Männern übergebe? Die sind Ihrer Eskapaden ein wenig müde.«

Ihr Gesicht wurde puterrot. »Das würden Sie nicht wagen!«

»Seien Sie nicht so melodramatisch!« entgegnete er. »Diesen Gefallen würde ich Ihnen ja sowieso nicht tun.«

»Sie unverschämter ... Sie ...«

»Sagen Sie, was Sie wollen«, entgegnete Joao und bleckte die Zähne. »Meinen Männern werde ich Sie nicht übergeben.«

»Johnny.«

Es war Thomes Stimme.

Joao wandte sich um und sah, daß Thome mit dem nordischen Typ sprach, der sich erboten hatte, Auskünfte zu geben. Wie hatte sie ihn genannt? Hogar.

Thome gab ihm ein Zeichen.

Joao ging zu den beiden hinüber. Thome bedeutete ihm, daß das, was er mitzuteilen hatte, nicht für aller Ohren bestimmt war, und Joao beugte sich zu den beiden.

»Der Gentleman hier sagt, die Ärztin sei von einem Insekt gebissen worden, das ihre Barriere durchbrochen hat.«

»Zwei Wochen ist das her«, flüsterte Hogar.

»Seitdem ist sie völlig verändert«, sagte Thome. »Wir müssen ihr ein bißchen schön tun, *jefe,* ja?«

Joao fuhr sich mit der Zunge über die Lippen. Plötzlich war ihm zu warm, und er fühlte sich schwindlig.

»Das Insekt, das sie biß, glich denen, die auf Ihnen herumkrabbelten«, sagte Hogar, und seine Stimme klang entschuldigend.

Die machen sich über mich lustig! dachte Joao.

»Ich gebe hier die Befehle!« schnaubte er.

»Ja, *jefe*«, sagte Thome. »Aber Sie . . .«

»Was spielt es schon für eine Rolle, wer die Befehle gibt?« Es war Dr. Kelly, die nahe hinter ihm stand.

Joao fuhr herum und starrte sie an. Wie gräßlich sie aussah . . . trotz ihrer Schönheit.

»Was macht es schon aus?« fragte sie. »In ein paar Minuten werden wir alle sowieso tot sein.« Sie schaute auf die Savanne hinaus. »Es sind noch mehr von Ihren Freunden gekommen.«

Joao sah zum schattigen Waldrand und bemerkte, daß dort weitere menschenähnliche Gestalten erschienen. Sie kamen ihm bekannt vor, und er fragte sich, was sie waren — irgendwo hatte er eine vage Idee, aber sein Kopf schmerzte ihn. Dann wurde ihm klar, daß sie wie *sertao*-Indianer aussahen — wie das Paar, das ihn hiergelockt hatte. Es waren mindestens dreihundert von ihnen; soweit er sehen konnte, waren sie völlig identisch.

Von Sekunde zu Sekunde kamen noch mehr hinzu.

Jeder von ihnen hatte eine Qena-Flöte in der Hand.

Joao war, als habe es mit diesen Flöten irgendeine Bewandtnis, an die er sich erinnern müsse.

Und jetzt wurde eine andere Gestalt inmitten der *Indianer* sichtbar, ein schmaler, schwarz gekleideter Mann, dessen Haar silbrig im Sonnenlicht schimmerte.

»Vater!« entfuhr es Joao.

Ich bin krank, dachte er. *Es muß ein Delirium sein.*

»Er sieht aus wie der Präfekt«, sagte Thome. »Finden Sie nicht, Ramon?«

Der angesprochene *irmandade* erwiderte: »Das ist nicht der Präfekt, es ist sein Zwillingsbruder. Hier, Johnny. Nehmen Sie das Fernglas.«

Joao nahm das Glas und stellte es auf die Gestalt ein, die inmitten der anderen durch das Gras geschritten kam. Das Einstellrad war sehr schwer zu drehen. Das Glas zitterte in seiner Hand, so daß die Gestalt nur undeutlich zu erkennen war.

»Ich kann ihn nicht ausmachen!« murmelte Joao. Beinahe wäre ihm das Glas entfallen.

Eine Hand stützte ihn, und er bemerkte, daß er taumelte.

In einem Moment der Klarheit sah er, daß die Indianer ihre Flöten erhoben hatten und sie auf das IOO-Lager richteten. Und jetzt erfüllte dieses markdurchdringende Summen, das er schon im Airtruck gehört hatte, den Raum. Die ersten seiner Gefährten stürzten zu Boden.

Und im letzten Augenblick, bevor er das Bewußtsein verlor, hörte Joao laut seines Vaters Stimme: »Joao! Leiste keinen Widerstand! Leg deine Waffen nieder!«

Das zertrampelte Gras des Lagers kam auf Joaos Gesicht zu.

Er kann nicht mein Vater sein, dachte Joao. *Mein Vater ist tot, und sie haben ihn nachgemacht . . . Mimikri, nichts anderes.*

Dunkelheit.

Er träumte davon, getragen zu werden, von Tränen und lauten Rufen, von heftigen Protesten, Trotz und Auseinandersetzung.

Er erwachte in einem gelb-orangen Schimmer, und eine Gestalt — es konnte nicht sein Vater sein, der sich da über ihn beugte — sagte: »Dann sehen Sie sich doch meine Hand an, wenn Sie mir nicht glauben!«

Doch Joaos Aufmerksamkeit galt dem Gesicht, das hinter seinem Vater zu sehen war. Es war riesig und sah in dem seltsamen Licht ganz unheimlich aus. Die Augen funkelten und blitzten, Pupillen in den Pupillen. Das Gesicht wandte sich zur Seite, und Joao sah, daß es nur zwei Zentimeter dick war. Wieder drehte es sich, und die Augen starrten auf Joaos Füße.

Joao zwang sich, hinunterzusehen, und begann heftig zu zittern, als er bemerkte, daß er zur Hälfte in einem schäumenden grünen Kokon steckte und daß auch seine Haut bereits diesen Farbton angenommen hatte.

»Untersuchen Sie meine Hand!« befahl die Altmännergestalt neben ihm.

»Er hat geträumt.« Es war eine hallende Stimme, die um ihn herum dröhnte und anscheinend von unterhalb des riesigen Gesichtes kam. »Er hat geträumt«, wiederholte die Stimme. »Er ist noch nicht ganz wach.«

Mit einer ruckartigen Bewegung griff Joao zu und packte die hingehaltene Hand.

Sie fühlte sich warm an . . . menschlich.

Tränen traten in Joaos Augen. Warum, konnte er sich nicht erklären.

»Träume ich?« flüsterte er. Er versuchte, sich die Tränen aus den Augen zu wischen.

»Joao, mein Sohn«, sagte die Stimme seines Vaters.

Joao sah zu dem vertrauten Gesicht auf. Kein Zweifel, es *war* sein Vater. »Aber . . . dein Herz«, sagte Joao.

»Meine Pumpe«, sagte der alte Mann. »Sieh her.« Und er entzog ihm seine Hand und drehte sich um. Der Rücken seines schwarzen Anzuges war weggeschnitten, die Ränder durch eine gummiartige Substanz festgehalten. Zwischen den Rändern war ein ölig-gelbes pulsierendes Etwas.

Joao sah die haarfeinen Schuppenlinien, die vielfältigen Formen und schrak zurück.

Es war also eine Kopie, noch einer von diesen Tricks.

Jetzt wandte der alte Mann sich wieder ihm zu. »Die alte Pumpe versagte, und sie gaben mir eine neue«, sagte er. »Sie bewegt mein Blut und lebt in mir, und sie wird mir noch ein paar Jahre schenken. Was, glaubst du, werden unsere cleveren IOO-Spezialisten über den Nutzen von so etwas sagen?«

»Bist du es denn wirklich?« fragte Joao.

»Bis auf die Pumpe«, sagte der alte Mann. »Dir und ein paar von den anderen mußten sie den ganzen Blutkreislauf erneuern wegen des korrodierenden Giftes, das hineingeraten war.«

Joao streckte die Hände hoch und starrte sie an.

»Sie kennen medizinische Tricks, von denen wir nicht einmal zu träumen wagen«, sagte der alte Mann. »Seit meiner Kindheit habe ich nichts so Erregendes mehr erlebt. Ich kann es kaum erwarten, wieder zurückzukehren und . . . Joao! Was ist?«

Joao hatte sich aufgebäumt und sah dem alten Mann mit stierem Blick in die Augen. »Wir sind keine Menschen mehr, wenn . . . Wir sind keine Menschen mehr!«

»Sei still, Sohn!« befahl der Alte.

»Wenn das stimmt«, protestierte Joao, »dann haben sie schon das Kommando übernommen.« Er nickte zu dem riesigen Gesicht hinter seinem Vater hinüber. »Sie werden uns *beherrschen!*«

Mit stockendem Atem sank er zurück. »Wir werden ihre Sklaven sein.«

»Narrheit«, polterte die dröhnende Stimme.

Joao sah auf das riesige Gesicht und bemerkte die fluoreszierenden Insekten darüber, sah, daß alle Insekten an der Decke einer Höhle hingen und erkannte schließlich ein Fleckchen Nachthimnel und Sterne, wo die fluoreszierenden Insekten endeten.

»Was ist ein Sklave?« dröhnte die Stimme.

Unterhalb des Gesichtes, wo die Stimme herkam, sah Joao eine weiße Masse von etwa vier Metern Durchmesser, aus dem etwas Gelbes, Sackartiges pulsierend heraushing. Insekten krabbelten darüber, in Spalten der Oberfläche hinein und zum Boden hinunter. Das Gesicht schien auf einem Dutzend runden Stielen zu stehen, die aus der weißen Masse emporwuchsen und deren schuppige Oberfläche ihre Beschaffenheit verriet.

»Ihre Aufmerksamkeit wird darauf gelenkt, wie wir auf Ihre Drohung antworten«, dröhnte die Stimme, und Joao sah, daß die Töne dem pulsierenden gelben Sack entwichen. »Dies ist unser Gehirn. Es ist verletzlich, sehr verletzlich, schwach und doch stark ... Genau wie Ihr Gehirn. Und nun sagen Sie: Was ist ein Sklave?«

Joao unterdrückte einen Schauder des Widerwillens und sagte: »Ich bin jetzt ein Sklave; ich bin Ihr Eigentum.«

»Trifft nicht zu«, dröhnte die Stimme. »Ein Sklave ist jemand, der Reichtum für einen anderen produzieren muß. Aber im ganzen Universum gibt es nur einen einzigen wahren Reichtum — Lebenszeit. Sind wir Sklaven, weil wir Ihrem Vater mehr Lebenszeit geschenkt haben?«

Joao sah zu den riesigen glitzernden Augen auf und glaubte, Belustigung in ihnen zu erkennen.

»Das Leben all Ihrer Männer ist ebenfalls verschont, beziehungsweise verlängert worden«, donnerte die Stimme. »Das macht uns zu euren Sklaven, nicht wahr?«

»Und was verlangt ihr als Gegenleistung?«

»Aha!« rief die Stimme in bellendem Ton. »Quid pro quo! In der Tat, ihr seid auch unsere Sklaven. Wir sind durch ein Band gegenseitiger Sklaverei miteinander verbunden, das nicht zerrissen werden kann — niemals.«

»Wenn man es einmal verstanden hat, ist es ganz einfach«, sagte Joaos Vater.

»Wenn man was verstanden hat?«

»Einige Vertreter unserer Art lebten in Gewächshäusern, und ihre Zellen haben das nicht vergessen«, rumpelte die Stimme. »Gewächshäuser sind Ihnen natürlich bekannt?« Das Gesicht wandte sich dem Eingang der Höhle zu, wo das erste Grau des Morgens zu dämmern begann. »Das da draußen, das ist auch ein Gewächshaus.« Wieder sah es mit riesigen glitzernden Augen auf Joao nieder. »Um Leben zu erhalten, muß in einem Gewächshaus ein genau austariertes Gleichgewicht herrschen — genug von dieser Chemikalie, genug von jener, dazu andere Substanzen, wenn nötig. Was heute noch Gift ist, kann morgen schon Nahrung sein.«

»Aber was hat denn all dies mit Sklaverei zu tun?« fragte Joao.

»Im Lauf von Millionen von Jahren hat sich das Leben in diesem Gewächshaus entwickelt, das wir die Erde nennen«, dröhnte die Stimme. »Manchmal entwickelte es sich in den giftigen Exkrementen anderen Lebens . . . Und dann wurde dieses Gift für es zu einer Notwendigkeit. Ohne seine Substanz, die der Drahtwurm erzeugt, würde das Savannengras dort draußen sterben . . . Sehr bald. Ohne von . . . Insekten erzeugte Substanzen würde Ihr Leben sterben. Manchmal bedarf es nur einer winzigen Spur der Substanz, wie etwa bei der speziellen Kupferverbindung, welche die Arachniden erzeugen. Manchmal muß die Substanz feine Veränderungen durchmachen, bevor sie für eine Lebensform am Ende der Kette zuträglich ist. Je mehr verschiedene Lebensformen es gibt, desto mehr Leben kann das Treibhaus erhalten. Das ist die Lehre des Treibhauses. Ein gutes Treibhaus muß vielmals viele Formen von Leben erzeugen. Je mehr Lebensformen es hat, desto gesünder ist es.«

»Damit wollen Sie sagen, daß wir keine Insekten mehr töten dürfen«, erwiderte Joao. »Und daß sich alles Ihrer Gewalt zu unterwerfen hat.«

»Wir sagen, daß Sie sich selbst nicht mehr umbringen dürfen«, dröhnte die Stimme. »Schon sind die Chinesen dabei, in ihrem Land wieder etwas zu züchten, was Sie wohl . . . Ungeziefer nennen würden. Vielleicht tun sie es noch zur rechten Zeit, vielleicht auch nicht. Hier ist es noch nicht zu spät. Die dort draußen . . . sie handeln schnell und gründlich . . . und vielleicht brauchen sie Hilfe.«

»Aber . . . wir haben keinen Beweis«, sagte Joao.

»Für Beweise ist später noch Zeit«, sagte die Stimme. »Gehen Sie jetzt zu Ihrer Freundin hinaus; lassen Sie die Sonne auf Ihre Haut einwirken und das Chlorophyll auf Ihr Blut. Und wenn Sie zurückkommen, dann sagen Sie mir: Ist die Sonne Ihr Sklave?«

Jean Giono

Vom Mann, der Leben pflanzte

Damit der Charakter eines Menschen seine außergewöhnlichen Eigenschaften enthülle, bedarf es der glücklichen Fügung, daß seine Tätigkeit durch lange Jahre hindurch sichtbar wird. Wenn diese Tätigkeit frei ist von jeder Selbstsucht, wenn die Idee, die sie leitet, von einer beispiellosen Großherzigkeit ist, wenn es durchaus sicher ist, daß sie von keiner Seite Belohnung gesucht und darüber hinaus der Welt sichtbare Zeichen hinterlassen hat, dann steht man ohne die Gefahr, in einen Irrtum zu verfallen, vor einem unvergeßlichen Charakter.

Es sind vierzig Jahre her, daß ich eine lange Wanderung machte über Höhen, die den Touristen ganz unbekannt sind, in jenem sehr alten Teil der Alpen, der in die Provence hineinragt. Alles war Ödland, dürr und grau, und es wuchs nichts als wilder Lavendel.

Ich durchquerte das Hochland, wo es am breitesten ist, und nach drei Tagesmärschen befand ich mich vor einer Verwüstung ohnegleichen.

Ich kampierte neben dem Skelett eines verlassenen Dorfes. Seit dem Vorabend hatte ich kein Wasser mehr, und ich mußte welches finden. Obgleich die enggedrängten Häuser Ruinen waren und wie ein altes Wespennest aussahen, sagte ich mir, daß es dereinst einen Brunnen oder Ziehbrunnen gegeben haben müsse. Es gab wohl einen Brunnen, doch er war versiegt. Die fünf oder sechs Häuser, ohne Dächer, von Wind und Regen zernagt, und das Kapellchen mit dem eingestürzten Glockenturm waren aufgereiht wie die Häuser und Kapellen in den lebenden Dörfern, doch jedes Leben war daraus verschwunden.

Es war ein schöner Junitag in strahlendem Sonnenschein, aber über dieses Land, das schutzlos dalag und hoch in den Himmel ragte, blies der Wind mit unerträglicher Gewalt. Sein Grollen in den Gerippen der Häuser war wie das einer Bestie, die man bei ihrer Mahlzeit stört.

Ich mußte das Feld räumen. Nach fünfstündigem Marsch hatte ich immer noch kein Wasser gefunden, und nichts konnte mir Hoffnung machen, welches zu finden. Überall dieselbe Dürre, dieselben verholzten Gräser. Da schien mir, als sähe ich in der Ferne eine kleine schwarze Silhoutte stehen. Ich hielt sie für den Stumpf eines einsamen Baumes. Auf gut Glück ging ich darauf zu. Es war ein Hirte. Etwa dreißig Schafe ruhten neben ihm auf der brennenden Erde.

Er gab mir aus seiner Kürbisflasche zu trinken, und ein wenig später führte er mich in seine Schäferei, die in einer Mulde des Plateaus lag. Er schöpfte das ausgezeichnete Wasser aus einem natürlichen, sehr tiefen Loch, über dem er eine primitive Winde angebracht hatte.

Der Mann sprach wenig. Das ist die Art der Einsamen, aber man empfand, daß er seiner selbst sicher war und auf seine Sicherheit vertraute. Das war überrraschend in diesem Land, das von allem entblößt war. Er bewohnte keine Hütte, sondern ein riesiges Steinhaus, dem man sehr wohl ansah, daß er mit eigener Arbeit die vorgefundene Ruine wieder aufgebaut hatte. Das Dach war fest und wasserdicht. Der Wind, der darüber strich, lärmte über den Ziegeln wie Brandung des Meeres. Sein Haushalt war in Ordnung, sein Geschirr abgewaschen, der Fußboden gekehrt, das Gewehr eingefettet, die Suppe kochte auf dem Feuer. Ich bemerkte, daß der Mann frisch rasiert war, daß die Knöpfe fest angenäht und die Kleider ausgebessert waren, mit so peinlicher Sorgfalt, daß die geflickten Stellen nicht zu sehen waren. Er teilte seine Suppe mit mir, und als ich ihm nachher meinen Tabaksbeutel anbot, sagte er, daß er nicht rauche. Sein Hund, schweigsam wie er, war zutraulich ohne unterwürfig zu sein.

Wir waren sogleich übereingekommen, daß ich die Nacht dort verbringen würde, da das nächstgelegene Dorf mehr als eineinhalb Tagesmärsche entfernt war. Außerdem kannte ich nur zu gut den Charakter der seltenen Dörfer dieser Gegend. Es gab deren vier oder fünf, weit verstreut, an den Hängen der Höhen, in den kleinen Eichenwäldchen, am alleräußersten Ende der fahrbaren Wege. Sie sind bewohnt von Holzfällern, die Holzkohle brennen. Orte, wo man ein schweres Leben hat. Die Familien, die so eng zusammengedrängt leben, in diesem ungemein rauhen Klima, sommers wie winters, übersteigern ihren Egoismus auf so engem Raum. Der irrsinnige Wunsch wird maßlos in dem unaufhörlichen Verlangen, diesem Ort zu entfliehen. Die Männer bringen gewöhnlich die Kohle mit ihren Karren in die Stadt und kehren dann zurück.

Die Frauen brauen Groll. Es gibt Konkurrenz für alles, für den Kohlenverkauf wie für die Kirchenbank, für die Tugenden, die sich untereinander streiten, für die Laster, die sich untereinander streiten, und für das allgemeine Durcheinander der Laster und der Tugenden – ohne Rast und ohne Ruh. Dazu der Wind, der ebenso rastlos die Nerven zerrüttet. Es gibt Selbstmordepidemien und zahlreiche Fälle von Irrsinn, der beinahe immer zu Mord führt.

Der Hirte, der nicht rauchte, holte einen kleinen Sack und schüttete einen Haufen Eicheln auf den Tisch. Er machte sich daran, eine nach der andern mit großer Aufmerksamkeit zu prüfen, um die guten von den schlechten zu scheiden. Ich rauchte meine Pfeife und bot mich an, ihm zu helfen. Er sagte, das wäre seine Sache. Da ich sah, mit welcher Sorgfalt er sich dieser Arbeit hingab, drang ich nicht weiter in ihn. Das war unsere ganze Unterhaltung. Als er auf der Seite der guten eine Menge ziemlich großer Eicheln beisammen hatte, machte er Haufen von je zehn Stück. Dabei schied er noch die kleinen Früchte aus oder die, welche leicht rissig waren, denn er prüfte sie sehr genau. Als er auf diese Weise hundert tadellose Eicheln ausgesucht hatte, legten wir uns schlafen.

Die Gegenwart dieses Mannes schenkte Frieden. Am folgenden Tag bat ich ihn um Erlaubnis, mich den ganzen Tag bei ihm auszuruhen. Er fand das ganz natürlich oder, besser gesagt, er machte den Eindruck, daß nichts ihn stören könne. Die Rast war mir nicht unbedingt nötig, aber ich war neugierig geworden, und ich wollte mehr von ihm wissen. Er ließ seine Herde hinaus und trieb sie auf die Weide. Vor dem Aufbruch tauchte er den kleinen Sack, in den er die sorgfältig gewählten Eicheln getan hatte, in ein Wasserschaff.

Ich bemerkte, daß er an Stelle des Stabes eine Eisenstange mitnahm, die etwa daumendick und eineinhalb Meter lang war. Ich tat wie einer, der geruhsam spazierengeht, und folgte einem Weg, der seinem parallel lief. Die Weide seiner Tiere lag im Grund einer Talsenke. Er überließ die kleine Herde der Obhut des Hundes und stieg zu dem Ort auf, wo ich mich befand. Ich fürchtete, er käme, mir meine Indiskretion vorzuwerfen. Aber nein, dies war sein Weg und er lud mich ein, ihn zu begleiten, wenn ich nichts Besseres vorhätte. Er stieg weitere zweihundert Meter hinauf bis zur Höhe.

Als er die gewünschte Stelle erreicht hatte, machte er sich daran, seine Eisenstange in die Erde zu bohren. Er machte ein Loch, in das er eine Eichel legte, dann verstopfte er das Loch. Ich fragte ihn, ob das Land ihm gehöre. Er sagte nein. Ob er wüßte, wem es gehöre. Er wußte es nicht. Er vermutete, daß es Gemeindeland sei, oder vielleicht das Eigentum von Leuten, die sich nicht darum kümmerten. Es war ihm gleichgültig, wem es gehörte. Er pflanzte so seine hundert Eicheln mit außerordentlicher Sorgfalt.

Nach dem Mittagsmahl begann er wieder, seine Saat auszulesen. Ich glaube, ich stellte meine Fragen mit ziemlicher Eindringlichkeit, da er auf sie antwortete. Seit drei Jahren pflanzte er in dieser Einsamkeit Bäume. Er hatte deren hunderttausend gepflanzt. Von diesen hunderttausend waren zwanzigtausend aufgegangen. Von diesen zwanzigtausend wiederum glaubte er noch die Hälfte zu verlieren, durch Nagetiere und durch all das, was man unmöglich voraussehen könne von den Plänen der Vorsehung. Blieben also zehntausend Eichen, die hier wachsen würden, wo vorher nichts gewesen war.

Von diesem Augenblick an dachte ich über das Alter dieses Mannes nach. Sicherlich war er über fünfzig Jahre alt. Fünfundfünzig, sagte er mir. Er hieß Elzéar Bouffier. Er hatte einen Bauernhof in der Ebene besessen. Dort hatte er sein Leben aufgebaut. Er hatte seinen einzigen Sohn verloren, dann seine Frau. Er hatte sich in die Einsamkeit zurückgezogen, wo er Freude fand, beschaulich zu leben mit seinen Schafen und dem Hund. Er hatte erkannt, daß dieses Land sterben würde aus Mangel an Bäumen. Er fügte hinzu, da er keine andere wichtige Tätigkeit habe, sich entschlossen hätte, diesen Zustand zu heilen.

Da ich selbst damals ein einsames Leben führte, trotz meiner Jugend, verstand ich es, mit Zartgefühl mich einsamen Seelen zu nähern. Dennoch beging ich einen Fehler. Gerade meine Jugend war es, die mich zwang, mir meine Zukunft als Ergebnis meiner Tätigkeit und einer gewissen Suche nach dem Glück vorzustellen. Ich sagte ihm, daß in dreißig Jahren diese zehntausend Eichen herrlich sein würden. Er erwiderte schlicht, so Gott ihm das Leben ließe, hätte er in dreißig Jahren so viel andere gepflanzt, daß die zehntausend nur wie ein Tropfen im Meer wären.

Daneben erforschte er die Vermehrung von Buchen. Er hatte in der Nähe seines Hauses eine Baumschule, die er aus Bucheckern gezogen hatte. Die Schößlinge, die er vor seinen Schafen durch einen Zaun geschützt hatte, waren wirklich sehr schön. Er dachte auch an Birken für die tieferen Lagen, wo, wie er mir sagte, eine gewisse Feuchtigkeit einige Meter unter der Erdoberfläche schliefe.

Am folgenden Tag trennten wir uns.

Ein Jahr darauf war der Krieg von 1914 ausgebrochen, der mich für fünf Jahre festhielt. Ein Infanterist konnte da kaum über Bäume nachdenken. Um die Wahrheit zu sagen, die Sache hatte mir sogar keinen Eindruck hinterlassen; ich hatte sie betrachtet wie eine Schrulle, wie eine Markensammlung, und vergessen.

Nach dem Krieg hatte ich ein winziges Entlassungsgeld, aber den großen Wunsch, ein wenig reine Luft zu atmen. Ohne irgendeinen Vorsatz schlug ich wieder den Weg in jene verlassenen Gegenden ein.

Das Land hatte sich nicht verändert. Jedoch oberhalb des toten Dorfes gewahrte ich in der Ferne eine Art grauen Nebels, der die Höhen wie ein Teppich bedeckte. Seit dem Abend vorher war mir der Gedanke an den Hirten, den Pflanzer der Bäume, wiedergekommen. „Zehntausend Eichen", sagte ich mir, „brauchen wirklich einen sehr großen Platz." Zu viele Leute hatte ich während der fünf Jahre sterben sehen, um mir nicht leicht den Tod von Elzéar Bouffier vorstellen zu können. Um so mehr, als man, wenn man zwanzig Jahre alt ist, die Leute von fünzig für Greise anschaut, denen nur zu sterben übrig bleibt. Er war nicht tot. Er war sogar sehr frisch. Er hatte seinen Beruf gewechselt. Er besaß nur noch vier Schafe, aber dafür hatte er gegen hundert Bienenvölker. Er hatte sich der Schafe entledigt, die seine Baumpflanzungen gefährdet hatten. Denn, sagte er mir, und ich überzeugte mich davon, er hatte sich garnicht um den Krieg gekümmert. Unerschütterlich hatte er fortgefahren, zu pflanzen. Die Eichen von 1910 waren nun zehn Jahre alt und höher als er und ich. Der Anblick war überwältigend. Ich war buchstäblich sprachlos, und da er auch nichts sagte, gingen wir den ganzen Tag schweigend durch den Wald. In drei Abschnitten umfaßte er elf Kilometer der Länge nach und drei in seiner größten Breite. Wenn man sich vergegenwärtigte, daß alles aus den Händen und der Seele dieses Mannes hervorgegangen war, – ohne technische Hilfsmittel – begriff man, daß die Menschen ebenso wirksam sein könnten wie Gott – da, wo keine Zerstörung herrscht.

Er hatte seinen Plan verfolgt, das bezeugten die Buchen, die mir bis zur Schulter gingen und sich weiter erstreckten, als das Auge reichte. Die Eichen standen dicht, und hatten das Alter hinter sich, wo sie den Nagern ausgeliefert waren; was die Pläne der Vorsehung betraf, so hätte sie jetzt eines Wirbelsturmes bedurft, um das geschaffene Werk zu zerstören. Er zeigte mir wunderbare Birkenwäldchen, die aus der Zeit vor vier Jahren stammten, das heißt, von 1916, als ich vor Verdun kämpfte. Er hatte sie in den Gründen angelegt, wo er mit Recht vermutete, daß die Feuchtigkeit bis nahe an die Oberfläche reichte. Sie waren zart wie Jünglinge und sehr fest.

Das Werk schien übrigens eine Reihe von Folgen zu haben. Er kümmerte sich nicht darum: er verfolgte hartnäckig seine sehr einfache Aufgabe. Als ich aber zu den Dörfern hinabstieg, sah ich Wasserrinnen in den Bachbetten, die seit Menschengedenken trocken gewesen waren. Es war die erstaunlichste Wirkungsfolge, die mir je zu sehen geschenkt war. Diese trockenen Bachbetten hatten einstmals in sehr alten Zeiten Wasser geführt. Einige der traurigen Dörfer, von denen ich am Anfang meines Berichts erzählt habe, standen auf dem Grund von greco-romanischen Dörfern; es gab noch Spuren davon, die die Archäologen durchforscht hatten. Sie hatten Angelhaken gefunden, dort, wo man im 20. Jahrhundert Zuflucht zu Zisternen nehmen mußte, um ein wenig Wasser zu haben.

Auch der Wind trug neue Samen herbei: kaum war das Wasser wieder da, erschienen auch die Weiden wieder, die Flechtweiden, die Wiesen, die Gärten, die Blumen und – ein gewisses Recht zu leben.

Aber die Veränderung ging so langsam vor sich, daß sie in die Gewohnheit überging, ohne Erstaunen hervorzurufen. Die Jäger, die, um Hasen und Wildschweine zu verfolgen, in die Einsamkeit aufgestiegen waren, hatten wohl die starke Vermehrung der Bäumchen bemerkt, aber hatten sie den natürlichen Launen der Erde zugeschrieben. Deshalb rührte niemand an das Werk dieses Mannes. Hätte man Verdacht geschöpft, so hätte man es durchkreuzt. Er war unverdächtig. Wer in den Dörfern oder in den Verwaltungen hätte sich eine solche Beharrlichkeit in der herrlichsten Uneigennützigkeit vorstellen können?

Von 1920 an habe ich nie mehr als ein Jahr verstreichen lassen, ohne einen Besuch bei Elzéar Bouffier zu machen. Nie habe ich ihn wanken noch zweifeln sehen. Und dennoch – nur Gott weiß, ob Gott selbst hier half. Die Anzahl schwacher Stunden habe ich nicht gezählt. Man kann sich aber gut vorstellen, daß man, um solchen Erfolg zu haben, manches Mißgeschick zu überwinden hatte; daß man, um eine solche Leidenschaft zum Sieg zu führen, mit der Verzweiflung kämpfen mußte. Während eines Jahres hatte dieser Mann mehr als zehntausend Ahorne gepflanzt. Sie starben alle. Im darauffolgenden Jahr gab er die Ahorne auf, um wieder Buchen zu pflanzen, die noch besser als die Eichen gediehen.

Will man sich ein einigermaßen genaues Bild von diesem außergewöhnlichen Charakter machen, so darf man nicht vergessen, daß er in völliger Einsamkeit wirkte. So vollständig, daß er gegen Ende seines Lebens das Sprechen verlor. Oder vielleicht sah er keine Notwendigkeit mehr dazu.

Im Jahre 1933 bekam er den Besuch eines törichten Forstaufsehers. Dieser Beamte verbot ihm, im Freien Feuer zu machen, aus Angst, daß das Wachstum dieses „natürlichen Waldes" gefährdet werden könnte. Es wäre das erste Mal, sagte ihm dieser naive Mensch, daß man einen Wald ganz von selbst wachsen sähe. Damals wanderte er zwölf Kilometer weit von seinem Haus, um Buchen zu pflanzen. Um sich das Hin und Zurück zu ersparen – er war jetzt 75 Jahre alt – erwog er den Bau einer steinernen Hütte am Ort seiner Pflanzungen. Das tat er dann im Jahr darauf.

1936 kam eine offizielle ministerielle Kommission, um den natürlichen Wald zu besichtigen. Sie bestand aus einer hohen Persönlichkeit der Forst- und Wasserverwaltung, aus einem Abgeordneten und aus Technikern. Man machte viel unnütze Worte. Man beschloß, etwas zu tun, und glücklicherweise tat man nichts außer dem einzig nützlichen Beschluß: den Wald unter Staatsschutz zu stellen und das Brennen von Holzkohle zu verbieten, denn es war unmöglich, nicht von der Schönheit dieser jungen, so gesunden Bäume überwältigt zu sein. Und selbst auf den Abgeordneten übte sie ihre Macht aus.

Ich hatte unter den Forstgewaltigen einen Freund, der mit bei der Abordnung war. Ich enthüllte ihm das Geheimnis. An einem Tag der folgenden Woche machten wir uns beide auf, Elzéar Bouffier zu suchen. Wir fanden ihn in voller Arbeit zwanzig Kilometer entfernt von dem Ort, wo die Inspektion stattgefunden hatte.

Der hohe Forstbeamte war nicht umsonst mein Freund. Er kannte den Wert der Dinge. Er wußte zu schweigen. Ich bot die paar Eier an, die ich als Geschenk mitgebracht hatte. Wir teilten unseren Imbiß in drei Teile, und einige Stunden vergingen in schweigender Betrachtung der Landschaft.

Der Hang, von dem wir kamen, war mit 6 - 7 Meter hohen Bäumen bedeckt. Ich erinnerte mich an den Anblick, den das Land im Jahre 1913 geboten hatte: eine Wüste. Die friedliche und regelmäßige Arbeit, die starke Luft der Höhen, die Bedürfnislosigkeit und vor allem die Heiterkeit der Seele hatten diesem Greis eine großartige Gesundheit gegeben. Er war ein Athlet Gottes. Ich fragte mich, wieviel Hektar er wohl noch mit Bäumen bedecken würde.

Vor dem Abschied gab mein Freund nur eine kurze Anregung im Hinblick auf bestimmte Baumarten, für die das Terrain günstig zu sein schien. Er war nicht dringlich. „Aus dem guten Grund", wie er mir später sagte, „weil dieser brave Mann mehr weiß als ich."

Nach einer Stunde Wegs – die Idee hatte ihren Weg auch in ihm genommen – fügte er hinzu: „Er weiß mehr als alle anderen. Er hat ein großartiges Mittel gefunden, glücklich zu sein."

Diesem leitenden Beamten ist es zu verdanken, das nicht nur der Wald, sondern auch das Glück des Mannes beschützt wurde. Er ließ drei Forstaufseher für diesen Schutz anstellen und setzte sie so unter Druck, daß sie allen Weinkrügen gegenüber standhaft blieben, welche die Holzfäller ihnen anbieten konnten.

Nur während des Krieges 1939 war das Werk einer schweren Gefahr ausgesetzt. Die Kraftwagen wurden damals mit Holzgas betrieben. Nie hatte man genug Holz. Man begann den Schlag unter den Eichen von 1910, aber diese Gebiete sind so weit vom Verkehrsnetz entfernt, daß sich das Unternehmen vom finanziellen Standpunkt aus als sehr unrentabel erwies. Man gab es auf. Der Hirte hatte nichts gesehen. Er war dreißig Kilometer davon entfernt; friedlich seine Arbeit fortsetzend, ignorierte er den Krieg von 1939, wie er den Krieg von 1914 ignoriert hatte.

Ich habe Elzéar Bouffier das letzte Mal im Juni 1945 gesehen. Er war damals 87 Jahre alt. Ich hatte also wieder den Weg in die Wüste eingeschlagen. Jetzt aber gab es trotz der Zerrüttung, in der der Krieg das Land zurückgelassen hatte, einen Wagen, der zwischen dem Tal der Durance und dem Gebirge verkehrte. Ich setzte es auf Rechnung dieses verhältnismäßig schnellen Verkehrsmittels, daß ich die Orte meiner ersten Wanderung nicht mehr wiedererkannte. Es schien mir auch so, als ob die Route mich durch neue Gegenden brächte. Ich bedurfte erst eines Ortsnamens, um aus ihm zu schließen, daß ich wirklich in der Gegend war, die früher in Ruinen und Verlassenheit dalag. Der Wagen setzte mich in Vergons ab. 1913 hatte dieser Weiler von zehn oder zwölf Häusern drei Einwohner.

Sie waren verwildert, haßten einander, lebten von Fallenjagd, beinahe in dem physischen und moralischen Zustand vorgeschichtlicher Menschen. Um sie herum überwucherten Brennesseln die verlassenen Häuser. Ihr Zustand war hoffnungslos. Für sie handelte es sich nur noch darum, den Tod zu erwarten: eine Lebenslage, die durchaus nicht zur Tugend geeignet macht.

Alles war nun verändert: sogar die Luft. Statt der trockenen, jähen Stürme, die mich einstmals empfangen hatten, wehte ein sanfter, dufterfüllter Wind. Ein Laut wie Wasserrauschen kam von den Höhen. Es war der Ton des Windes in den Wäldern. Schließlich, das Erstaunlichste, hörte ich den Klang von wirklichen Wasser, das in ein Becken floß. Man hatte einen Brunnen gebaut, der überreichlich strömte, und, was mich am meisten rührte, man hatte neben ihn eine Linde gepflanzt, die bereits vier Jahre alt sein mochte, schon üppig, ein unbestreitbares Zeichen der Auferstehung.

Im übrigen zeigte Vergons die Spuren einer Arbeit, die zu unternehmen der Hoffnung bedurft hatte. Die Hoffnung war also wiedergekehrt. Man hatte die Ruinen weggeräumt, hatte die Teile der Mauern, die verfallen waren, niedergerissen und fünf Häuser wieder aufgebaut. Der Weiler zählte jetzt 28 Einwohner, darunter vier junge Paare. Die neuen, frisch verputzten Häuser waren von Gemüsegärten umgeben, in denen durcheinander, aber in Reihen Gemüse und Blumen sprossen, Krautköpfe und Rosenstöcke, Lauchstengel und Löwenmaul, Sellerie und Anemonen. Von jetzt an war dies ein Ort, wo man Lust bekam zu wohnen. Von hier aus ging ich zu Fuß weiter. Der Krieg, dem wir kaum entronnen waren, hatte die völlige Entfaltung des Lebens noch nicht gestattet. Aber Lazarus war aus dem Grabe auferstanden. An den flacheren Hängen der Berge sah ich kleine Felder von Gerste und Roggen sprießen, im Grunde der engen Täler grünten einige Wiesen. Nur acht kurzer Jahre hatte es bedurft, das ganze Land in Gesundheit und Wohlstand erstrahlen zu lassen. Auf den Stellen der Ruinen, die ich 1913 gesehen hatte, erheben sich jetzt saubere, schön verputzte Bauernhöfe, die ein glückliches und behagliches Leben verraten. Die alten Quellen, gespeist von Regen und Schnee, den die Wälder zurückhalten, haben wieder zu fließen begonnen. Man hat das Wasser in Leitungen gefaßt. Bei jedem Bauernhof, zwischen kleinen Ahorngruppen, fließen die Brunnenbecken über und netzen Teppiche von frischer Pfefferminze. Die Dörfer haben sich nach und nach wieder aufgebaut. Die Bevölkerung ist aus der Ebene gekommen, wo Grund und Boden teuer ist, und hat sich in diesem Lande festgesetzt; Jugend, Bewegung und Abenteuerlust brachten sie mit. Auf den Wegen trifft man wohlgenährte Männer und Frauen, Knaben und Mädchen, die lachen können und wieder Lust zu ländlichen Festen haben. Wenn man die alte Einwohnerschaft, die nicht mehr zu erkennen ist, seitdem sie besser leben kann, und die Neugekommenen zählt, verdanken mehr als 10.000 Menschen ihr Glück dem Elzéar Bouffier.

Bedenke ich, daß ein einziger Mann mit seinen schlichten körperlichen und moralischen Kräften ausgereicht hat, um aus einer Wüste dieses Land von Kanaan auferstehen zu lassen, so glaube ich, daß trotz allem die Möglichkeiten menschlichen Wesens bewundernswert sind. Berechne ich aber, was an Ausdauer und Seelengröße notwendig war, an Hartnäckigkeit und Großmut, um dieses Ergebnis zu erzielen, dann ergreift mich eine unermeßliche Hochachtung für diesen alten Landmann ohne Bildung, der ein Werk zu einem guten Ende geführt hat, das Gottes würdig ist.

Elzéar Bouffier starb friedlich im Jahre 1947 im Spital von Banon.

The Garden
E'S DRY GOODS
RMACY
©1975 Jay Kinney

ower
dsel

332
POLICE 828

THE END

Betty Dodson

Paul Brians

Der Tag, an dem sie den Reg-Raum testeten

Von dort, wo Deryls Kopf flach an ihrem Bauch lag, konnte er an ihrem kerzenartigen Körper entlangblicken, als wäre sie eine Landzunge, die sich mit einer zum Horizont schwebenden Wolke offenen Haares in die Ferne erstreckte. Er verlor sich darin, atmete immer langsamer, fühlte die von seiner Haut ausstrahlende Wärme, Strähnen nassen Haares bedeckten kühlend seine Wangen. Das, was in den Mittelpunkt rückte und ihn faszinierte, war die mit Salzwasser gefüllte Lache nur wenige Zoll von ihm entfernt. Er begann sich ihren Nabel mit Schilf umgeben vorzustellen, und mit darüberfliegenden Gänsen. Er würde Thoreau sein und für immer an diesem Teich leben... Doch als er anfing sich vorzustellen, wie er dort eine Hütte bauen würde, lachte er.

„Was ist los?"

„Crystal, du hast einen ganz entzückenden Nabel."

„Danke schön, aber ist das irgendein Grund zum Lachen?"

Er stützte sich auf seinen Ellenbogen und blickte in ihr verwirrtes Gesicht. „Tut mir leid, es war nicht wegen dir. Ich stellte mir gerade deinen Nabel wie einen Wald-Teich vor. Er ist so tief und schön, und er füllt sich, wenn du in heißen Nächten liebst."

„Tut er das? Laß mich sehen!"

„Nein, du schüttest ihn aus!"

Sie setzte sich im Bett auf. „Nun gut, aber ich komme mir doof vor, ich bin überhaupt nicht der Erdenmutter-Typ."

„Was meinst du damit?"

„Nur ein Witz... dennoch meine ich etwas damit... Sieh mal, was meine ich wohl? Oh Deryl, das wäre schön."

„Was wolltest du sagen?"

„Ah, laß mich sehen. Mein Gehirn arbeitet nach dem Ficken nicht so gut. Ich meinte, meine eigentlichen Phantasien seien außerirdisch. Wenn ich komme, hebe ich wie eine Rakete ab. Ich schwebe durchs All." Sie erschauerte.

Er setzte sich auf, zog seine Knie vor sich hoch und räusperte sich. „Tatsächlich habe ich dir etwas zu sagen, das solche Phantasien wahr machen könnte."

„Wie meinst du das?"

„Wie würde es dir gefallen, eine Reise nach Buckminster IV zu machen?"

Sie setzte sich ruckartig auf. „Verarsche mich jetzt nicht. Du weißt ich würde lieber als alles andere in den Raum gehen. Ich habe nicht an dem Programm teilgenommen, nur um hier auf dem Boden biometrische Vorlesungen zu hören."

„Ich weiß, du hast vom ersten Augenblick an, als du hier in das Astronauten Programm kamst, ein Sonnenkraft Kommando angestrebt. Ich habe einen Weg gefunden."

„Um Himmels Willen, sprich!"

„Nun, das braucht ein paar Erklärungen. Wir Offiziere würden sagen, ‚Laß mich kurz die Hintergründe beleuchten'."

„Scheiße", sagte sie und legte sich rückwärts hin, während sie wartete, daß der grinsende Deryl seine Vorstellung gab.

„Werte Kollegin, zweifellos sind Sie vertraut mit der Tatsache, daß sich Langzeit Besatzungen der Sonnenkraft Satelliten über bestimmte Regelungen geärgert und dagegen protestiert haben, das heißt: über die Regelungen, die den körperlichen Kontakt unter den Besatzungsmitgliedern betreffen."

„Keine Ausschweifungen. SonKom ist unbeschreiblich altmodisch, aber glaubst du die Mannschaften hätten sonst nichts zu feixen? Wenn ich die Chance hätte, sechs Monate in einem SonSat bei richtiger Arbeit zu verbringen, wäre ich mit Freuden bereit, wie eine Nonne zu leben."

„Das sagst du jetzt, doch ist das ein ernsthaftes Problem. Diese jungen und meist auch attraktiven Mannschaftsmitglieder leben mit ihrem überschäumenden Lebenssaft in beengenden Sats, ohne Privatleben und die ganze Zeit von SonKom Sonden über die Schulter beobachtet. Die früheren Astronauten gingen auf kürzere Geschäftsreisen und waren fast ausschließlich Männer – heterosexuelle versteht sich. Sie hatten selbst darauf verzichtet. Doch seit es gemischte Mannschaften gibt, steigt natürlich die Belastung. Zusätzlich ist, wenn du erst einmal daran gewöhnt bis, der Freie Fall eine sehr anregende Erfahrung. Schon in den kurzen Zeiträumen, als ich darauf wartete, daß sie meine Kapsel entladen würden, fühlte ich es."

„Aber was hat das mit mir zu tun?"

„Warte. Das nächste Element der Situation, der wir gegenüber stehen, liebe Kollegin, ist der neue Absatz über die Änderungen der sexuellen Freiheiten. Bis jetzt sind alle gewaltlosen Akte zwischen gleichgesinnten Erwachsenen ein verfassungsmäßiges Recht, SonKom kann nicht weiterhin seinem Personal verbieten zu tun, was es will. Die Union hat Rechtsanwälte engagiert mit dem Ziel, den Bau von Reg-Räumen, in denen Sex erlaubt ist, zu erzwingen; das haben sie auch getan."

„Was? Ich habe davon noch nichts gehört. Wann ist das geschehen?"

„Es ist alles diskret. SonKom befürchtet, daß Senator Palmer mit der Frage aufkommt, warum reichlich öffentliche Gelder ausgegeben werden, um die Lüste einer Handvoll unzüchtiger, gottloser Astros zu steigern. Du und ich halten den Senator für ein Arschloch, aber SonKom muß die nostalgische Stimme ernst nehmen."

„Unglaublich. So erzähl weiter, was ist mit mir?"

„Sie brauchen jemanden, um die Möglichkeiten zu testen."

„Was?"

„Einige von den Reaktionären bei SonKom argumentieren, daß Sex im Freien Fall gefährlich sein könnte. Die anderen haben dem Kompromiß zugestimmt, daß die neuen Abteilungen getestet werden, bevor man den Mannschaftsmitgliedern die Benutzung gestattet."

„Warum läßt man sie dann nicht von den Mannschaftsmitgliedern testen?"

„SonKom möchte die Tests aufzeichnen: Videoband und Biometer, das ganze Zeug. Du weißt wie sie sind. Die Mannschaften würden das nicht mitmachen. Sie wollen Privatleben. Sie sind gerade jetzt so gespannt und aufgeregt, daß die ersten Ergebnisse wahrscheinlich ohnehin nicht repräsentativ wären. Ich wurde mit dem Test beauftragt, weil ich Freie Fall Erfahrung habe und meinen Weg im Sat kenne, und weil ich in der notorischen Giordano Bruno Kommune lebe."

„Was hat denn die Kommune damit zu tun?"

„Unsere Saturday-Night Orgien sind allgemein bekannt. Die Vorstellung, daß jemand, der es gewöhnt ist, es öffentlich zu machen, vor der Kamera weniger Probleme hat. Sie wissen auch, daß ich unser Biofeedback-Erregungs-Training gemacht habe und in der Lage sein sollte, auch unter Testbedingungen normal zu funktionieren. Sie baten mich, einen Partner auszusuchen, und ich sagte, daß ich dich fragen würde."

„Warte. Hör mir zu! Laß es mich direkt sagen. Du bittest mich, mit dir in Buckminster IV vor SonKom Kameras und Sensoren, die die Bio-Daten an meine eigene Abteilung melden, zu schlafen? Nein danke. Ich käme mir lächerlich vor."

„Warum? Der einzige Beobachter wird im Sat sein, wo der Test läuft. Die Bänder werden später analysiert. Du machst es auch hier ganz gut vor zuschauenden Menschen."

„Das ist nicht das gleiche. Weil jeder nackt und mehr oder weniger dabei ist. Irgendein auf uns starrender SonSat Techniker würde die Hölle in mir ausbrechen lassen. Ich wäre niemals fähig zu kommen. Außer... wären sie gewillt, mich mit Haschisch Öl zu unterstützen? Ich werde dann mit allem fertig."

„Keine Chance. Der Test muß unter klaren Bedingungen stattfinden, oder die Daten wären nutzlos. Aber du kannst dir einen Techniker suchen, mit dem du zufrieden bist, eine Frau vielleicht."

„Ist das für dich oder für mich, Exhibitionist?"

„Nun, da hast du recht... ich würde lieber von einer Frau als von einem Mann beobachtet werden. Du bist mit Caryl Richards befreundet, ich dachte, sie könnte es tun."

„Hör mal zu, ich bin nicht sicher, ob ich das möchte. Irgendwie hat es den Beigeschmack, als wolle ich mir meinen Weg in den Raum erschlafen, wie eine neue Version der verworfenen Couch."

„Ich hatte schon befürchtet, du würdest das sagen. Es stimmt ja auch auf seine Art. Aber dann bist du qualifiziert, um in den Raum zu gehen, und Biometrie ist dein Gebiet; und wenn du einmal an einer Mission teilgenommen hast, hast du den Freien Fall Training, und sie können es nicht vertreten, aufwendigen Training an jemanden zu verschwenden, der nur einmal hinauf geht; somit hast du einen Schuß zu einem Job in der Umlaufbahn fast garantiert."

„Du hast an alles gedacht, nicht wahr? Alles klar, ich mache es, wenn du Caryl gewinnen kannst."

„Fantastisch!" Er rutschte neben sie und umarmte sie. „Und jetzt laß uns sehen, was wir tun können, um zu dem ursprünglichen Wald-See zurückzukehren, den du so gedankenlos entleert hast."

„Oh nein. Jetzt bin ich oben."

„OK, aber warte, bis wir im Freien Fall sind. Dann gibt es kein Oben mehr."

*

Die Kommisarin Nkala stand auf und begrüßte Deryl und Crystal, als sie in ihr Büro kamen. „Kommt rein, kommt rein. Streift eure Füße ab und nehmt Platz."

Doch sie hörten sie nicht. Sie starrten auf den Tisch unter Nkalas ausgebreiteten, braun schimmernden Händen, oder dahin, wo der Tisch sein mußte, denn was sie sahen, war ein langer, tiefer Blick in das mit Sternen gesprenkelte All, ein tischförmiges Loch, in das man glaubte, hineinfallen zu können.

„Oh, Entschuldigung, „Nkala drückte einen Knopf und der Tisch erschien in seiner normalen Rauchglas-Form. „Ich hatte es eingeschaltet, um ein Kongressmitglied zu beeindrucken. Blendete ihn richtiggehend hinaus, so daß er die Beschwerde vergaß, mit der er hereingekommen war. Es ist polarisiert, so daß ich es von hier aus nicht sehen kann, und manchmal vergesse ich, daß es eingeschaltet ist."

Noch etwas verwirrt plumpsten Crystal und Deryl in ihre Comfo Sessel, die sie sogleich aufnahmen.

„Ihr seid die Leute vom CBC, richtig? Ich habe nie einen Raum-Freak so richtig gekannt, um mit ihm zu sprechen. Sie sehen harmlos genug aus."

Sie zuckten zusammen.

„Entschuldigung, ich sollte es besser wissen. Das Wort haben Sie."

Deryl räkelte sich. „Ich wäre nicht höflich, würde ich sagen, daß es uns nicht aufregt, doch sind wir jetzt zu sehr interessiert, um uns durch Ihren Befehlston weiterhin vor schlichten Vorurteilen zu fürchten."

Crystal murmelte „Woher kommt es, daß ich mich, obwohl sie alles zur Entschuldigung tut, immer noch eingeschüchtert fühle?"

„Autorität, Süße: Es ist schwer, davon wegzukommen. Laß mich dir helfen." Nkale kam von hinten um den Tisch herum und plumpste neben ihnen nieder. „So ist es besser. Hört zu, Crystal und –äh, Deryl, nicht wahr? Ihr kennt ja wohl die generellen Richtlinien des Projekts. Ich muß euch nur einige notwendige Details geben. Ihr Kinder könnt uns helfen, ein wirklich ernsthaftes Problem zu lösen. Seit Sonnenkraft vor fünf Jahren gestartet wurde, haben wir mehr und mehr Ärger mit den Mannschaften wegen dem Mangel an Sex. Und es sind nicht nur deren Beschwerden. Es ist wirklich ein Problem. Sogar die, die sich nicht beschweren, werden kratzbürstig, nervös und depressiv. Die Effektivität läßt nach und Unfälle geschehen. Wir versuchten Individuen mit nur schwachem Sexualtrieb zu verschiffen, doch die tendierten entweder zum neurotischen oder zum lethargischen, schlampigen Typ, erzeugten mehr Probleme als sie lösten. Einige entwickelten ein neues Interesse an Sex, das sie selbst überraschte. Kommissar Geiger wollte Hormone ausprobieren, doch jeder kennt die Nebenwirkungen der alten Pillen zur Geburtenkontrolle so gut, daß niemand diese Möglichkeit wahrnehmen wollte, auch wenn man sie legalisieren würde. Alle Methoden zur Verringerung des Geschlechtstriebes brachten ähnliche oder schlimmere Probleme. Die Selbstbefriedigung geht schön weiter, außer wenn ein gelegentlich erregter Mann in seiner Kabine abspritzt, ohne einen Pariser zu benutzen, und der Luftfilter verklebt, gibt es wenig Probleme, doch die Mannschaften sind nicht befriedigt; und jetzt gibt es diesen neuen Änderungsantrag.

Die Nostalgiker in der Kommission gehen widerwillig mit, doch glaube ich persönlich, daß es eine Chance ist. Jeder Beischlaf im All wurde bisher geheimgehalten, so daß wir ganz von vorne beginnen müssen, um Material für ein Sat-Mannschafts-Sex-Handbuch zu bekommen. Es gibt handfeste Vorurteile. Stellungen, die auf der Erde ungemütlich oder unmöglich sind, weil unpraktischerweise der eine Körper auf dem anderen liegt, werden im Freien Fall angenehm sein."

Deryl dachte an die Zeit, als er mit 15 Jahren Alice Hsu romantich in seiner Umarmung einschlafen ließ und nachher glaubte, sein rechter Arm bleibe sein Leben lang gelähmt.

„Die relative Größe der Partner wird nicht mehr viel ausmachen, zumal Sat Mannschaften sowieso von gleicher Größe zu sein pflegen. Es wird einen freieren Zugang zu allen Teilen des Körpers des Partners geben.

Selbstverständlich gibt es auch Probleme. Die meisten Dinge pflegen im Freien Fall schwieriger zu sein; deshalb ist euer Training so athletisch gewesen. Kein Partner kann nur daliegen und es einfach mit sich geschehen lassen. Beide werden die ganze Zeit aktiv sein müssen. Schon das Zusammenbleiben wird eine Anstrengung erfordern."

Das paßte Crystal, die die Männer, die zuweilen nur über ihren passiven Körper rutschen wollten, verabscheute.

„Eure Lebensfunktionen werden andauernd beobachtet. Wir wollen keine Herzanfälle. Es gibt noch ein anderes mögliches Problem, das wir dadurch gelöst zu haben glauben, daß wir die Reg-Räume mit Luft-Wellen durchzogen haben: viele Leute ahnen gar nicht, daß eine gute männliche Erregung wie ein Knochen brechen kann, wenn sie falsch gebogen wird. Das ist sehr schmerzhaft und anhaltend."

Deryl zuckte und fühlte, wie sein Penis sich zwischen die Leisten zurückziehen wollte. Wie konnte sie darüber so ruhig reden?

„Die Polsterung soll, falls ihr an die Wände driftet, Probleme verhindern, aber denke daran, Crystal, ihn, wenn er hart ist, nicht mit dem Knie oder sonstwie zu stoßen."

Zum ersten Mal betrachtete Crystal den Penis des Mannes als zerbrechlich. Es war ein eigenartiger Gedanke.

„Zweifellos werdet ihr Dinge entdecken, von denen ihr nicht einmal geträumt habt. Das ist der Punkt, wo der Test anfängt. Ihr habt eine Woche zur Akklimatisation vor dem Test."

„Oh, fast hätte ich es vergessen: Deryl darf sein Erregungs-Stabilisierungs Training während des Tests benutzen, weil wir sonst vielleicht gar keine Resultate bekommen; doch du, Crystal, wirst es vermeiden dein Orgasmus Training zu benutzen, bis auf das, was für dich selbstverständlich ist. Die Mannschaften haben in der Regel Sex Konditionierung gemieden, und die Frauen werden bislang noch nicht deine Fähigkeiten haben. Das kann später ausgearbeitet werden, doch müssen wir so viel wie möglich über deine Reaktionen ohne Feedback lernen, um zu helfen, andere Frauen zu lehren. – Irgendwelche Fragen?"

Crystal blickte Deryl an. „Und wir beide bekommen die Chance, als Sat Mannschaftsmitglieder eingetragen zu werden, wenn das vorbei ist?"

„Nichts kann garantiert werden, doch ich kann euch nach den Aufzeichnungen sagen, daß euer beide Chancen sehr gut stehen. Natürlich habt ihr hiermit die Möglichkeit, festzustellen, ob das Sat Leben wirklich das ist, was ihr wollt." Nkala erhob sich und sah lächelnd auf die beiden herab. „Viel Glück. Eigentlich wünschte ich, ich hätte diese Aufgabe bekommen, doch bin ich für Akrobatik zu alt. Ich werde an euch denken." Sie zog die beiden an ihren Händen hoch und drückte jede Hand herzlich. „Und vielleicht interessiert es euch zu wissen, daß die Einstellung der Kommission zur Kommune deutlich gewonnen hat," fügte sie hinzu, „nun, da sie euch gezwungenermaßen eine Hilfe sein wird. Das alte Sprichwort: ‚In der Verschiedenheit ist die Stärke', hat immer noch einiges an Wahrheit."

*

Schon nachdem sie sich an den Seiten der Tür in den Reg-Raum gezogen hatten, entspannten sie allmählich ihre schwerelosen Körper. Während der vergangenen Woche hatten Crystal und Deryl die verschiedenen Dinge, die sie zu versuchen gedachten, in allen Einzelheiten diskutiert. Grinsend, doch ohne ein Wort zu sagen, ließen sie sich zum anderen Ende des Raumes treiben und sich sanft in die Luft-Wellen fallen. Mit auf dem Rücken gefalteten Händen versuchten sie sich durch leichte Bewegungen ihrer Füße und Beine mit den Lippen zu berühren, doch trieben sie weiterhin umeinander. Mit einem Lachen packten sie sich schließlich in fester Umarmung und küßten sich lange und tief. Durch die Schwerelosigkeit fühlten sie sich irgendwie vollkommen in ihren Küssen verschmelzen, als ob der ganze Körper eine einzige Fortsetzung ihrer vereinten Lippen und Zungen wäre. Crystal fühlte etwas sanft über ihre Wangen streichen und öffnete kurz ihre Augen, um Deryls Pferdeschwanz vor sich treiben zu sehen. Er hatte sich einem regulären Mannschaftsschnitt widersetzt, doch da lange Haare bei Null G tatsächlich ernsthafte Probleme schaffen, wurde der Pferdeschwanz zum Kompromiß.

Sie zog ihren Kopf zurück und starrte lange Zeit in seine Augen. Während sie sich an seinem Körper festhielt, drehte sie sich dann langsam herum, so daß sie an seine Füße kam und begann, ihm sein Schuhzeug auszuziehen und es im Ablagefach zu verstauen. Sie unterbrachen einen Augenblick, bevor Deryl sich mit einer Bewegung, die er geübt hatte, umdrehte, um zu ihren Hüften zu tauchen, an ihrem Nabel zu spielen und sich mit seiner Hand unter ihrem Obergewand zu ihren Brüsten vorzutasten. Sie fühlten sich in seiner Hand eigenartig an. Sie konnten natürlich nicht hängen, wie es normalerweise Brüste tun, wenn eine Frau auf der Erde steht, noch konnten sie sich, wie gewöhnlich auf einem zurückgelehnten Körper, verflachen. Sie fühlten sich sehr gut an.

Als er wegzutreiben begann, schlug Deryl schnell seine Arme um Crystals Rücken, zog ihr den Reißverschluß auf und die Bluse aus. Als er sich drehte, um sie zu verstauen, tauchte sie hinter ihm unter, um den Reißverschluß seines Hemdes zu ergreifen. Auf diese Art machten sie weiter, tauchten und umkreisten einander, zogen einander stückweise die Kleidung aus, bis sie nackt waren. Crystal ließ sich einen Augenblick von Deryl wegtreiben. Sie merkte, daß sie sich nackter fühlte als jemals in ihrem bisherigen Leben. Kein Teil ihres Körpers berührte irgendetwas außerhalb von ihr. Sie hatte erwartet, etwas wie ein leichtes Kribbeln auf ihrer Haut zu spüren, doch war das ein ganz anderes Gefühl. Im Wasser fühlt sich der Körper bewahrt, abgeschlossen. Hier war es ein außergewöhnlich luftiges, lockeres Gefühl. Während sie ihre Augen geschlossen hielt, die Nacktheit jedes Körperteils genoß, fühlte sie plötzlich, wie Deryl gegen sie schlug und die beiden segelten in einem Lach-Taumel in die nächste Luftwelle hinein. Sie war gerade so stark, um ihren Anprall – wie man es nennen könnte – aufzunehmen und sie fast bewegungslos zur Wand treiben zu lassen.

„Was denkst du?" flüsterte er ihr ins Ohr.

„Ich glaube, daß ich tatsächlich gar nichts denke, wenn du weißt, was ich meine. Nur Gefühl."

Sie ließ sich einige Zentimeter wegtreiben und streckte ihren Arm aus, um seine Brust und seinen Bauch zu berühren, doch ihre erste Bewegung stieß ihn von ihr fort, so daß sie ihn verfolgen und fangen mußte wie ein Fußballspieler. „Nun, das ist eine meiner liebsten Bewegungen und die geht nicht; tatsächlich geht hier, wenn man richtig darüber nachdenkt, überhaupt keine Massage."

„Du könntest mich festbinden, damit ich nicht mehr fort treibe."

„Aber auch dann könnte ich immer noch keinen Druck auf dich

ausüben, ohne mich selbst wegzustoßen. Sogar wenn wir eine Art Halterung errichteten, die uns erlaubt einander zu massieren, würde es sich schrecklich anfühlen und sicherlich die ganze Idee von Sex im Freien Fall gefährden. Laß uns etwas anderes versuchen."

Sie ließ ihre Hand zu seinem Penis gleiten und war erstaunt, seine Eier drumherum schlingernd zu finden, wie sie es auf der Erde nie tun würden. Sie stieß sie vorsichtig weg, doch schlugen sie gegen seine Schenkel und wurden wieder zurück getrieben.

„Heh, vorsichtig! Ich bin doch keine Pendeluhr."

Sie lachte, ergriff seinen Penis und begann sich in die 69 Position zu drehen. „Oh, Halt!" Sie hatte losgelassen, doch schnell seine Schenkel ergriffen, bevor sie endgültig abgetrieben wäre.

„Schau, du kannst meinen Penis nicht wie einen Griff benutzen. Wir wiegen hier zwar nichts, doch haben wir immer noch Masse, und was sich für dich wie ein freundliches Zupfen anfühlt, kann sich für mich anfühlen, als würdest du ihn mir mit der Wurzel ausreißen."

„Entschuldigung," murmelte sie, als sie an ihm entlang manövrierte, bis sie ihre Arme um seinen Po geschlungen hatte und ihre Lippen um die Spitze seines Penis. Sie fühlte, wie sein offener Mund an ihre Vulva sank und seine Zunge die Falten ihrer Schamlippen erforschte, kräftig hinein und hinaus, hoch und runter, sanft und feucht. „Nun," dachte sie, „das ist schon besser." Sie konnte ihren Griff an ihm korrigieren, so daß sie sich bequem an seinem Penis auf und ab bewegen konnte; und er war im Paradies, während er sich in ihrer Vulva vergrub und nichts von der steifen Unannehmlichkeit spürte, die manchmal, wenn er es auf der Erde machte, die Nackenmuskeln schmerzen ließ.

Sie schwebten gemeinsam, die Köpfe bewegten sich zwischen den Schenkeln, sie genossen es, wie frei und anstrengungslos das war. Sie dachten überhaupt nicht an die arme Caryl, die im Biometer Raum saß, die ansteigende Erregung unterdrückte und geduldig wartete, daß sie eine neue Stellung ausprobierten. Bis jetzt zeigten ihre Instrumente keine außergewöhnlichen Anstrengungen, und seit die orale Phase begonnen hatte, war ihre Muskelbelastung merklich zurückgegangen, doch Blutdruck und Pulsschlag stiegen noch immer, während das Paar mit gegenseitigen Stimulationen fortfuhr.

Drüben in dem Raum zog Crystal ihren Mund von Deryls Penis und legte ihren Kopf sanft gegen seine Schenkel, wobei sie die Seite seines Ständers gefühlvoll küßte. „Bereit zum Weitermachen?"

„Sicher zuerst Yab-Yum?"

„Richtig." Er faltete sich vorsichtig in einen halben Lotus-Sitz und sie manövrierte sich ihm gegenüber in seinen Schoß.

„Crystal an Deryl: Kupplungsphase eingeleitet," kicherte sie.

Er lachte. „Laß das. Keine Witze, sonst wirst du keine wartende Sonde finden, wenn du hier ankommst."

Ihre Genitalien trafen sich nicht ganz im richtigen Winkel, und Deryl dachte plötzlich an die Warnung der Kommissarin Nkala wegen gebrochenem Penis. Er zuckte, als er erkannte, wie einfach eine Verletzung geschehen konnte, und verschob schnell seine Hüften, um sich besser in die Richtung ihrer Vagina zu bringen. Endlich glitt er sanft in sie hinein, und sie waren fest eingebunden, ihre Beine klammerten sich um ihn, seine waren unter ihr gefaltet, ihre Arme umarmten den Körper des anderen fest. Crystal begann die Muskeln ihrer Vagina rhythmisch zu pressen, um seinen Penis zu massieren. „Heh, wie wäre es mit etwas Bewegung? Das Kegel Schieben ist recht schwierig, wenn ich meine Beine so weit gespreizt habe." Er packte sie unter ihrer Taille, wie er es auf der Erde getan hätte, und stieß behutsam nach oben, doch er merkte sofort, daß er mit dieser Technik nur sich selbst aus ihr stoßen würde. Er umfaßte ihre Taille und zog sie schnell zu sich zurück; er ging dazu über sein Becken zu verdrehen, bewegte seine Leisten gegen die ihren vor und zurück.

Das ging so lange gut, wie sein Penis mitmachte, doch das andauernde Drücken und Ziehen kostete mehr Kraft als auf der Erde, wo die Schwerkraft die halbe Arbeit tat, denn mit jedem Stoß fühlte er ihren Körper aufzucken (aus? vorbei?). Crystal hielt ruhig, doch fühlte sie sich, als ob sie durchgeschüttelt würde. Ihr ganzer Körper fühlte jeden Stoß. Ohne Gewicht oder Reibung gab es keine Möglichkeit, den Druck aufzufangen. Sie begannen sich langsam und ruckend zu bewegen, fingen an zu taumeln und fielen schließlich kopfüber in die nächste Luftwelle, wo Crystal sich plötzlich ganz unmöglich fühlte, als ob sie auf dem Kopf stünde. Deryl schreckte aus seiner Konzentration auf und stoppte. Sie trieben eine Weile, dachten nach. Dann löste Crystal vorsichtig ihre Beine von seinem Rücken und nahm eine Hand, um seine Schenkel zu stoßen, wobei sie ihn aufforderte, es ihr gleich zu tun. Bald waren sie in einer abgewandelten Missionar Stellung, ihre Beine weit gespreizt, in den Knien leicht gebeugt und er dazwischen, doch war es ganz anders als zuhause, weil es kein Unten und Oben gab. Deryls unbewußter Verstand hatte diese Tatsache noch immer nicht begriffen und er begann mit seinen Hüften von Crystal wegzustoßen, bevor er sich erinnerte, daß anstatt, wie unter normalen Bedingungen, wieder in sie hineinzufallen, er, wenn er nachließ, nur aus ihr herauskommen würde. Was er auch kam.

Seine Erregung ließ so schnell nach wie seine Enttäuschung wuchs, doch er schloß seine Augen und begann seine Erregungszentren zu entspannen, während Crystal seinen Penis mit ihren Fingern sanft streichelte. Als er wieder erregt war, versuchte er es noch einmal. Solange wie er still lag oder sich nur leicht gegen sie bewegte, war alles schön; aber sobald er wieder zu stoßen begann fing das unangenehme Zucken ihrer Körper wieder an, sie kamen ins Treiben und landeten unausweichlich in einer der Luftwellen. Sie wurden beide mehr und mehr irritiert.

Deryl machte eine schwierige Zeit-Anhalte Kontrolle über seinen Körper. Seine Muskeln begannen zu schmerzen. Crystal fühlte sich mehr wie ein willenloses Bündel als wie eine Frau, die er zu lieben versuchte. Er versuchte, um sie von hinten zu bearbeiten, hinter sie zu kommen, aber auch das war nichts. Sein Stoßen brachte sie immer aus dem Gleichgewicht und ließ sie wegtaumeln.

„Deryl, kannst du dich nicht mal eine Weile nicht bewegen?"

„Eine Weile sicher. Ich kann sogar meine Erregung eine gewisse Zeit anhalten, während du deine Möse an mir reibst, doch kann ich nicht zum Höhepunkt gelangen ohne zu stoßen, und ich werde sicher nicht kommen. Es sieht so aus, als sei Freier Fall ideal für Tantra Yoga. Mach weiter, und wir werden dann später sehen, wie das mit mir ist."

Crystal schloß ihre Augen, umschlang ihn eng und fing an, langsam kreisend ihre Vulva an ihm zu reiben, quälte seinen Penis, während sie ihre Möse an sein Becken preßte. Deryl konnte ihre wachsende Erregung spüren, wie sich ihre Muskeln spannten und sich ihr Rhythmus steigerte, doch merkte er mehr und mehr, was aus ihm wurde – irgendein Stück, mit dem sie sich selbst befriedigte. Das war eine sehr unangenehme Erfahrung, aber weil er wußte, daß sie ihren Spaß verdient hatte, nachdem seine eigenen Bemühungen so elendiglich gescheitert waren, ließ er es mit sich geschehen. Als er plötzlich merkte, wie sie ihn fest packte und sich schüttelte, zuckte und zusammensackte, war er tief betrübt. Wo auf Erden wäre sie jemals über ihm zusammengesunken? Ihre gelösten Glieder ließen sie jetzt forttreiben, während sie mit geschlossenen Augen das Nachglühen ihres Orgasmus genoß. Selten hatte er sich in seinem bisherigen Leben so alleine gefühlt.

Endlich öffnete sie ihre Augen und sah ihn von der anderen Seite des Raumes herüberstarren. Sie brach in Gelächter aus, begriff es dann aber sofort und schwamm durch den Raum auf sie zu. „Tut mir leid, auf den Kopf gestellt sahst du gerade so lustig aus. Jedenfalls tut es mir leid. Ich wollte deine Gefühle nicht verletzen."

Er schloß seine Augen und versuchte heftig seinen Ärger zu unterdrücken, weil er wußte, daß sie nichts dafür konnte, daß er, wenn er jetzt sprechen würde, nur etwas dummes und verletzendes sagen würde, die Lage nur verschlimmern würde. Er hatte genug Selbstbeherrschung, um eine Entspannungsreaktion einzuleiten, er fühlte wie seine Muskeln sich zu lösen begannen und locker in seinem Körper hingen. Auf seinem Bauch fühlte er eine flache Hand, eine andere auf seinem Rücken und einen Mund, der an seinem laschen, baumelnden Penis saugte. Während sie ihn mit Lecken, Küssen und Saugen wieder auferweckte, versank er jetzt in Passivität. Crystal war sehr gut beim oralen Sex und gab alles, was sie hatte. Schnell und gleichmäßig fühlte er die Kurve seiner Erregung ansteigen und war dankbar, daß sie ohne etwas zu sagen zu wissen schien, daß jetzt nicht der rechte Augenblick für eine langsame, neckische Annäherung war. Sie brachte ihn entschlossen und warm bis zum Orgasmus.

Und dann kam er. Er wußte, daß der Samenabgang nicht genug Masse hatte, um einen bemerkenswerten Raketeneffekt zu erzeugen, besonders da sie weiterhin mit einer Hand die Wurzel seines Penis umfaßte, während er an ihren Gaumen stieß; doch die gewaltige Bewegung seiner Hüften riß ihn aus ihrem Griff und ließ ihn durch den Raum taumeln um mit größerer Wucht als je zuvor in die Luftwellen zu fallen. Sein halbfertiger Orgasmus sprühte ins Leere und alles Gefühl in seinem Penis riß plötzlich ab, bis auf den Schmerz von dem Schütteln durch Crystals Hand. Er rollte sich schnell zu einem Ball und wirbelte rundherum, er zog seine Knie eng an seine Brust und schrie aus seiner abgeschnürten Kehle leise vor Schmerz.

Crystal trieb langsam zu ihm herüber und legte ihm eine sympathische Hand auf die Schulter. „Kann ich helfen?"

„Bitte Crystal, mir geht es so elend, daß ich nicht denken kann.

Laß mich einen Moment alleine." Langsam gewann er seine Selbstbeherrschung wieder, tauchte durch Entspannungsebenen in den warmen, dunklen Grund: Schlaf.

*

Als er zwei Stunden später erwachte, fühlte er sich entspannt und erfrischt. Doch war er reichlich verwirrt sich im Technikersessel im Biometrie Raum ausgestreckt zu finden. Er war allein. Wo waren sie? Der Video Monitor hatte sich, als das Band in der Konsole zu Ende war, automatisch abgeschaltet. Er lehnte sich vor und schaltete ihn ein. Doch sein träges Hirn brauchte einige Augenblicke bis es begriff, was er auf dem Schirm sah. Crystal und Caryl Richards schliefen locker umschlungen, jeder Kopf schwebte vor dem Bauch der anderen und ihre Gesichter drückten eine tiefe Ruhe aus: absolute Wonne. Sie waren beide nackt.

Er griff schnell nach der Video Konsole und ließ das Band etwa um eine Stunde zurücklaufen, bevor er einschaltete.

Das Bild, das jetzt auf dem Monitor erschien, zeigte Crystal und Caryl Seite an Seite schwebend, mit ausgestreckten Armen ihre Seiten und Brüste steichelnd und lächelnd. Lächelnd, heiter, schön. Er hätte wieder schreien können.

Eine Art Erregung kämpfte mit dem Schwächegefühl in seiner Magengrube, und er spulte das Band um 15 Minuten vor, um sie in mehr oder weniger der gleichen Position zu finden, immer noch mit ihren Fingern, Lippen und Brustwarzen ihre Körper streichelnd und lächelnd. Er wußte aus der Theorie, daß Frauen ihr Beisammensein oft sehr lange genossen, langsam, sanft liebend, doch wenn er früher bei Frauen war, die es zusammen machten, war ihr Stil mehr wie der des durchschnittlichen Mannes. Mit einem unangenehmen Beigeschmack kam es ihm, daß diese besondere Art der Liebe vermutlich nur unter Abwesenheit der Männer genossen werden konnte.

Er sammelte soviel Sympathie wie er konnte für sie und beschloß geduldig zuzuschauen und den Rest zu sehen. In einer Art, die ihm wie eine unbegreifliche Schau erschien, fuhren sie fort, jeden Zentimeter des Körpers der anderen zu erforschen, wobei sie nur gelegentlich mit dem Handrücken oder der Wange über die weichen Schamhaare strichen. Mit der Zeit kamen diese flüchtigen

Bewegungen öfters, und dann schwebten sie Gesicht zu Gesicht, Mund an Mund, einen Arm um den Hals der anderen geschlungen, den anderen ausgestreckt zur Massage von Vulva und Clitoris. Deryl wußte aus Erfahrung, wie steif und unbeholfen das mit verdrehten Armen war, doch er sah, daß ohne Schwerkraft nichts leichter sein konnte; nichts konnte einfacher und anstrengungsloser sein. Die Bewegungen ihrer Hände erinnerten an das Schwingen von Seegras unter Wasser.

Sie faßten sich gegenseitig fester. Er sah die kleinen Schweißtropfen auf Crystals Stirn, erhaschte gelegentlich einen Blick auf das glitzernde Haar in ihrer Achselhöhle. „Und der Schweiß kann ihr nicht an der Seite herunterlaufen," dachte er ganz außer sich.

Die Intensität und die Geschwindigkeit ihrer Bewegungen steigerten sich, wobei die blinkenden, verwischten Hände die einzigen bewegten Teile in dieser warm strahlenden weiblichen Komposition waren. Die überwiegende Masse ihres restlichen Fleisches hielt sie fast absolut stabil, ohne Kraft, ohne Anstrengung. Plötzlich kam sie, kamen sie, mit Schütteln, ihre Köpfe wippten vor und zurück, ihre Beine stemmten sich in die Luft, ihre Füße griffen wie Hände; endlich bewegten sie sich und trieben durch den Raum, in einem Tempo, das es ihnen erlaubte, ihren Orgasmus auszukosten und mit einem extatischen Stöhnen auf der weichen Oberfläche der Luftwellen zur Ruhe zu kommen.

Nach einigen Minuten der Ruhe fingen sie wieder an. Caryl schwang sich langsam herum und küßte Crystals Vulva wie einen Mund, lächelte und ließ sich dann nieder, um das weiche warme Gewebe vor ihr zu saugen und zu lutschen. Crystal senkte ihren Mund zu Caryl und sie hatten wieder begonnen. Als Deryl das beobachtete, kam in ihm Depression auf und kühlte seine Erregung ab. Und als dann die volle Bedeutung dessen, was er gesehen hatte, durchsickerte, stöhnte er.

*

Crystal stieß hastig die Schwingtür der Küche der Giordano Bruno Kommune auf. Deryl stand mit dem Rücken zu ihr, während er mit einer Energie, die wohl mehr auf seine innere Stimmung als auf das Rezept zurückzuführen war, kraftvoll ein großes Stück Roggenteig bearbeitete.

Crystal stand einen Augenblick ruhig neben ihm. „Hey!"

Verwirrt drehte er seinen Kopf. „Crystal, ich hatte nicht geglaubt, dich nochmal zu sehen!"

„Ich konnte nicht gehen, ohne ‚Auf Wiedersehen' zu sagen. Ich habe gestern das Training abgeschlossen und wir fliegen am Morgen zu meiner ersten Dienstreise nach Buckminster IV. Ich wußte nicht, ob ich kommen sollte oder nicht."

Er legte seinen Arm um sie und preßte traurig seine Wange an ihr Haar. „Sicher solltest du. Ich bin dir nicht böse. Du kannst ja nichts dafür."

„Ich hatte auch gar keine Absicht, als ich Caryl beredete, es zu versuchen. Das war nur zum Spaß. Ich wußte nicht, daß SonKom entscheiden würde, daß nur Frauen für Sex im Freien Fall geeignet sind. Die Union will es vor Gericht bringen."

Deryl schüttelte seinen Kopf. „Sie haben keine Chance. Das höchste Gericht hat die ERA schon dahingehend interpretiert, daß generelle biologische Unterschiede der Geschlechter sehr wohl die Grundlage gewisser Diskriminationen sein können. Es gab nicht viele Fälle, aber das wird einer davon sein. Es hängt nicht nur an SonKom und den Gerichten. Ich habe es selbst gesehen, als ich das Band ansah. Jeder würde sehen, was der Unterschied der beiden Auftritte bedeutet."

„Tut mir leid. Immerhin kannst du noch die Kapsel steuern und in wenigen Jahren haben wir die Mond Basis. Und eines Tages werden die Produktions Stationen groß genug sein, um ihnen Schwerkraft Drehung geben zu können. Du hast immer noch die Chance zu einem Langzeit Raumflug."

„Dann könnte ich schon zu alt sein. Nein, ich muß den Tatsachen ins Auge sehen: einige Jobs sind einfach für Männer nicht geeignet. SonKom reibt sich schon jetzt die Hände, weil sie bei den Unternehmungen einiges sparen, da ihr Frauen leichter seid und weniger verbraucht."

Sie umarmte ihn kurz und gab ihm einen Kuß auf die Nase, legte ihre Lippen an sein Ohr und flüsterte, „Ist dein Bett heute Nacht frei?"

Er blickte sie an und lächelte etwas traurig. „Sicher! Ich denke, ich bin jetzt über das Trauma hinweg. Auf das Wohl der alten Zeiten!" Er küßte ihren Nacken.

„Dann sehen wir uns später," sie ging zur Tür, blieb stehen, drehte sich dann um und zeigte mit dem Finger rhetorisch in die Luft. „Die Sphäre der Frauen," sagte sie, „ist in der Umlaufbahn."

Sein Lachen tat nicht so weh, wie er erwartet hatte.

Herbert W. Franke

Irgendwo

Ein Ball aus toter Materie
im Innern Metall, zähflüssig, träge bewegt
die Glut der frühen Jahre:
Hitze, die sich selbst verzehrt
Krusten, hochgewölbt, zerbrechlich
Faltenwurf der Vergangenheit
in Bewegung gesetzt:
der Schneckengang der Kontinente
da und dort:
Kugelblitze, Schwefeldunst
ultraviolettes Licht
tief unten:
radioaktives Gestein, in Bildung begriffen
hochgespannte Magma
die kritische Temperatur fast erreicht
aber noch:
Ruhe
Wärme sickert empor
Kondenswasser schlägt sich nieder
von Süden her warmer Wind:
irgendwo
an der Oberfläche –
leicht wegzukratzen –
ein Anflug von Grün

aus A. Nottebohm ‚Astropoeticon'
Druck und Publikations GmbH, München 1979

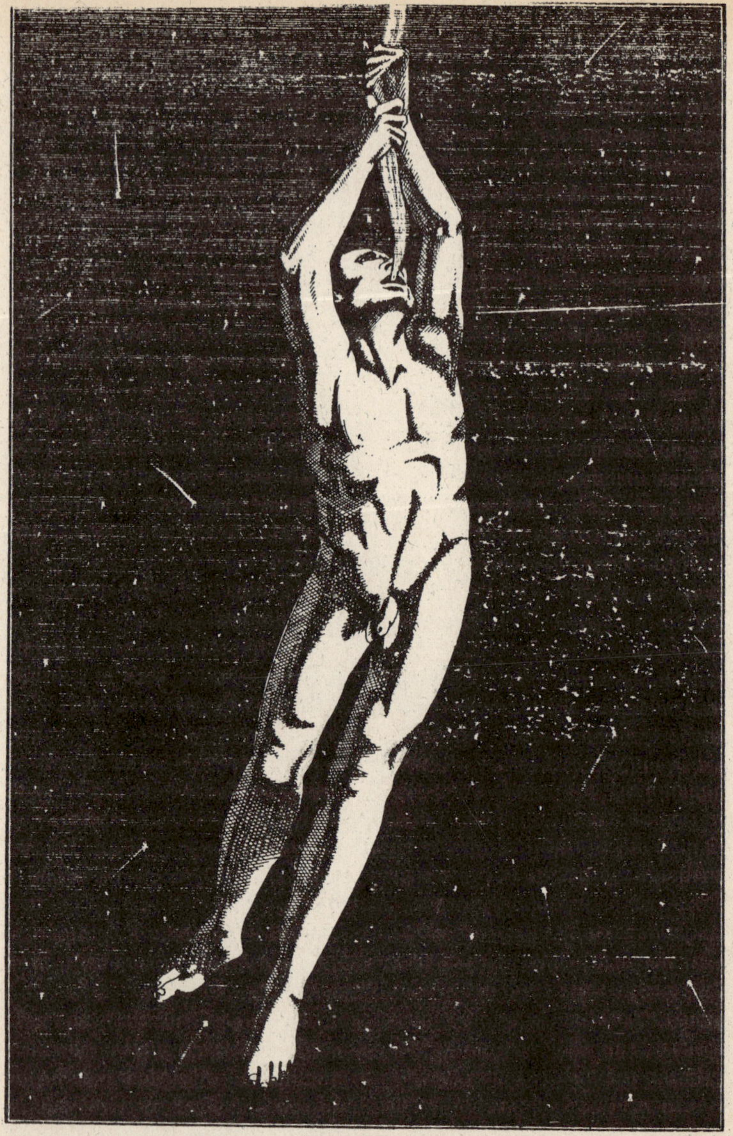

PETER TILL

R. Bartsch

Das erste Kapitel

I.

Drei Jahre hatte er die Sterne beobachtet – hatte die Sternbilder gefunden, die Nebel entdeckt und gespürt, wie sich die Erde drehte – als er die Kraft spürte. Schon im ersten Frühjahr seiner Sternenkunde hatte er mit Spannung auf das Bild des Pegasus gewartet. Andromeda hatte er erst erkannt, als der ganze Pegasus am Himmel lag. Oft kehrte sein Blick auf dieses Bild zurück, es war aber zuerst nichts außergewöhnliches.

Im dritten Jahr erwachte in ihm der Wunsch, die Galaxie der Andromeda zu erreichen. Der Grund dieses Wunsches blieb ihm damals unbekannt. Wenn er jetzt die Sterne in einer kalten Winternacht ordnete und sie bewunderte, zählte er: Alpha, Andromeda, Delta, Beta und dann war der M 31, der große Andromeda-Nebel, sichtbar mit dem bloßen Auge, die Andromeda-Galaxie, zwei Millionen Lichtjahre von der Erde entfernt.

Die technischen Mittel der Zeit waren für so weite Reisen unzulänglich. Er mußte also einen neuen Weg finden. Früher hatte er eine Idee entwickelt, um auf nähere Planeten reisen zu können, ohne die Kosten für ein Raumschiff. Diese Idee war aber in seiner Schublade liegen geblieben. Jetzt, als seine Sehnsucht nach Andromeda wuchs, überlegte er sich, wie er sie realisieren konnte.

Ein jedes System hat Subsysteme und ist auch wieder Subsystem eines größeren Systems, so hatte er überlegt. Jedes System hat eine Identität, die Identitäten waren natürlich verschieden. Sein System mit dem Namen „Karl" umfaßte z.B. die Subsysteme Herz und Leber. Die Identität des kleinsten Subsystems war ein Baustein seines Ich, wie er ein Baustein war des Ganzen.

Sein nächster Gedankensprung galt der Reise: Wenn eine Zelle seines Körpers ihre Identität auf ihn selbst ausdehnen und wieder reduzieren könnte, dann müßte es für die Identität der Zelle möglich sein, zu „wandern". Das heißt, eine Zelle aus z.B. dem linken Knie könnte Karl werden und dann ihre Identität wieder auf eine Zelle reduzieren, z.B. im rechten Knie. Genauso, überlegte sich Karl, könnte er eins werden mit der Erde oder dem Sonnensystem und dann an jedem beliebigen Punkt wieder seine Identität zurückreduzieren.

Er begann zu üben. Erst reduzierte er sein Bewußtsein auf die Ebene einer seiner Zellen. Das war technisch nicht schwer, die Medikamente dazu standen zur Verfügung. Schwierig war es nur, seine Versuche geheim zu halten. Alle seine Bewegungen wurden überwacht, genauso wie von allen anderen Menschen.

Jedes Jahr mußte jeder Erdenbewohner durch ein Gebäude mit vielen Türen und Pfeilen, die nach dem Abtasten der Kennkarte sich öffneten und aufleuchteten. Hatte man Glück, so erhielt man den Auftrag, genauso wie bisher weiter zu arbeiten. Die anderen Fälle waren die Mehrzahl. Manche Individuen wurden ausgemerzt. Man konnte aber alles selbst bestimmen. Welche Anweisung man auch wählte und exakt ausführte, das Resultat war genauso exakt und klar. Karl z.B. brauchte das Staatssystem nicht lieben, er durfte es in seiner Stelle aber auch nicht hassen – was er dann eben auch nicht tat.

Man schrieb das Jahr 70 nach Orwell.

Er täuschte eine Krankheit vor, bekam sein Medikament und führte seine Versuche ganz regungslos durch, das gab keine Eintragungen durch das beobachtende Fernsehauge.

Bald wagte er sich über seine eigene Identität hinaus. Er hatte Angst. Sich in die Erde einfließen lassen, schien ihm leicht. Wie aber wieder kontrolliert zurückkommen? Er beschloß, sich ein Seil vorzustellen, das ihn mit der höheren Identität verband. Das funktionierte. Er konnte zur Stadt werden und dann wieder an dem Seil zurückkehren. Stadt sein mochte er nicht, er erbrach sich nach der Rückkehr jedesmal.

Dann dehnte er sich auf Erdengröße aus. Das Seil hielt, obwohl er einmal für kurze Zeit ängstlich wurde, weil er es nicht mehr fand. Eigentlich hatte er es nicht verloren, sondern er hatte es in seiner Identität als Erde vergessen.

Jetzt mußte er nur wissen, wie groß er werden mußte, um Andromeda zu erreichen und einzuschließen. Würde es Jahre dauern, bis er diese Größe erreicht hätte? Zu seinem Erstaunen fand er, daß ihm die Zeit umso kürzer vorkam, desto weiter er sich ausdehnte. Er dehnte und dehnte sich über tausend Jahre; wenn er zurückkam, war seine Uhr kaum eine Sekunde weitergelaufen.

Nur eins gelang ihm noch nicht, nämlich sich von dem Seil frei zu machen und sich mit anderen Systemen als dem eigenen Übersystem zu identifizieren. Er wußte, daß es gehen mußte, er hätte nur zu üben.

Doch da kam der Tag, an dem er zu seiner jährlichen Musterung gehen mußte. Da er meinte, daß er ein sauberes Gewissen hätte, ging er wie immer ohne Gefühle. Doch schon die zweite Tür schien ihm anders als früher. Bald wußte er: Etwas war falsch. Alles wurde auf Ausdrucken erklärt, sogar die Strafen. Karl hatte bisher kaum welche bekommen.

Ein roter Pfeil leuchtete auf, er hörte leichtes Ticken seitlich, dann konnte er den Streifen lesen:

> "SIE HABEN EIN GEHEIMNIS. DAMIT HABEN SIE SICH NACH § 84 DES GRUNDGESETZES STRAFBAR GEMACHT. WARTEN SIE AUF WEITERE ANWEISUNGEN."

Das heißt Verrat, wußte Karl. Das ist Elektrobehandlung, wenn nicht Exekution.

Er zögerte nicht. Er dehnte sich. Stadt, Erde, Galaxie. Weiter, bis er Andromeda erreicht hatte. Man könnte ihn nicht einholen. Dann warf er das Seil fort.

II.

Lange blieb er so. Der Körper, der auf der Erde Karl dargestellt hatte, war wohl vor Millionen Jahren beerdigt und aufgelöst, er dachte nicht daran.

Nach dieser Zeit sah er wieder ein Seil. Es war nicht sein Seil, ein anderes. Er nahm es und folgte ihm bis auf seine menschliche

Größe zurück, öffnete die Augen und sah: Da war er, Karl. Die Welt aber war nicht seine Welt. Er war in der Andromeda-Galaxie, auf einem Planeten.

Er blickte an sich herunter, sah die Füße, die Zehen, sein Geschlechtsteil. Dann prüfte er die Hände und Arme. Er betastete sein Gesicht. Ja, er war es, er, Karl. Nackt, aber vollständig. Er stand auf einer Art von Kissen aus schillernden Farben.

Das Licht ist dunkler als auf der Erde, dachte er. Es war aber warm. Eine dunkelrote große Sonne stand hinter einem rosa Wolkenschleier. Später meinte er, festzustellen, daß sich diese schneller als die Sonne der Erde bewegte, konnte das aber nicht prüfen.

Er konnte außer ein paar Felsen zuerst überhaupt keine feste Substanz feststellen. Alles schwebte und floß in wechselnden bunten Farben. Gibt es hier Wasser? fuhr es ihm durch den Kopf. Was esse ich? Lange stand er dort, wo er sich zuerst befunden hatte.

„Ich muß etwas tun", dachte er und bewegte sich. Er bemerkte, daß die Substanzen unter seinen Füßen unterschiedlich nachgiebig und verschieden warm waren. Vielfarbige Regenbögen, wohl Magnetbögen, blitzten auf. Karl tastete sich langsam auf eine Anhöhe, die aus grauen Felsen zu bestehen schien. Tatsächlich schienen auf dem Hügel – der viel weiter entfernt lag als es Karl vorkam – Steine wie auf der Erde zu liegen. Die kleinen waren rund geschliffen, die großen nur an den Kanten gerundet. Sie waren körperwarm. Karl legte sich nieder und schlief ein.

Er erwachte erst, als die Sonne schon untergegangen war. Es war dunkel. Sterne waren nicht sichtbar. Kurz erlebte er ein sehnsüchtiges Gefühl. Dann gewöhnten sich seine Augen an das Dunkel. Er konnte in dem fahlen orangeroten Licht die Felsen um ihn herum erkennen, bald darauf auch die fließenden Substanzen am Fuße des Hügels. Ihn fröstelte. Zusammengekauert wartete er, bis die ersten roten Strahlen der aufgehenden Sonne seine neue Heimat in neues Licht tauchten.

Eine der Flüssigkeiten konnte er trinken, sie sättigte gleichzeitig. Andere Stoffe waren so dicht, daß Karl nicht hindurch konnte. Ein Gas, das in Schwaden trieb, konnte er nicht atmen. Vorsichtig wanderte Karl am Tag um den Steinhügel herum. In der Nacht legte er sich zwischen die warmen Steine.

So vergingen einige Wochen. Er hatte sich eine Hütte gebaut, um die giftigen Gas-Schwaden abzuhalten. Auch fing er in der Nacht zu frieren an. Er fing an, bestimmte Erscheinungen nach denen in seiner Alten Welt zu nennen. Blaue Stangen aus fast harter Substanz nannte er Bäume, ihre Ansammlung einen Wald. Die weiche Substanz, die er aß, nannte er Gemüse, eine leichtere Wasser. Den Ort, wo dieser Stoff lag, nannte er See. So ordnete er die Erscheinungen. Längst schon sah er die Farben nicht mehr ineinanderfließen und schillern. Er konnte die Stoffe unterscheiden und kannte ihre Farben im Lichtwechsel.

Nur einmal in einer Nacht, als eine Unruhe wie ein Wind die Stoffe bis hoch zu seiner Steinhütte trieb und ein Baum an die Hüttenwand schlug, hatte er noch einmal daran gedacht, sich auszudehnen. Der Gedanke verflog schnell. Es war ein Sturm gewesen. Seine neue Heimat nannte er seit dem Tag Erde.

Monate später streifte er weit durch das Land. Er entdeckte jeden Tag Neues auf der Erde. Pflanzen hatte er entdeckt und Tiere – diese glichen wenig den Tieren seiner alten Erde. Seine Haut war rotbraun geworden. Manchmal dachte er, sie wurde durchsichtig. Seine Exkremente waren rosa-grün, je nach dem, was er aß. Er war sorglos, wunschlos, glücklich.

Eines Tages kam er in einem dichten Wald an einen steilen Felsen. Er kletterte auf diesen, sah sich die Umgebung an und ging weiter. Erst am Abend durchfuhr ihn ein Schreck. Hatte nicht auf dem Felsen eine Hütte gestanden? Er meinte, er sei zum ersten Mal dort gewesen. Oder täuschte er sich? War es keine Hütte? Am nächsten Tag ging er zurück auf den Felsen.

Tatsächlich, es war eine Hütte. Er fing an zu zittern. Wer konnte hier sein? War es ein Mensch? Wollte man ihn hier fangen? Ein gefährliches Tier? Karl floh – zum ersten Mal auf dieser Erde – mit großer Hast. Tage wanderte er, ängstlich nach Lebenszeichen suchend, in den Westen (so nannte er die Richtung, in der die Sonne unterging) –

Nach einer Woche hatte er sich beruhigt. Fragen quälten ihn. Warum bin ich geflohen? Vielleicht war es ein Freund? Vielleicht auch ein Vertriebener?

Von Neugierde getrieben, näherte er sich Tag für Tag dem Wald. Nach vier Tagen hatte er sich angeschlichen und beobachtete unter Pflanzen hervor den Felsen. Der Abend kam, die Nacht. Er sah nur einen Schatten auf dem Felsen, dann schlief er ein. Jetzt war er überzeugt, daß dort ein Mensch wohnte, vielleicht ein alter Mann.

Am nächsten Tag sah er dann alles. Etwas bewegte sich. Ein rotbrauner Stoff glitt den Felsen herunter. Karl schärfte die Augen: Es war ein Mensch. Sein Herz schlug hart gegen die Rippen. Ein alter Mann mit weißem Bart! Der kam auf ihn zu.

Zehn Meter entfernt (Karl hatte einen Stock zum Meter erklärt) blieb der Alte stehen, lächelte gütig und winkte Karl, zu kommen. Etwas an dem Greis ängstigte Karl, er konnte der Aufforderung aber nicht widerstehen. Er stand auf, ging auf den Alten zu und sagte „Guten Tag".

„Guten Tag, mein Sohn, und herzlich willkommen auf der Erde", erwiderte der alte Mann.

Der Weißbärtige hatte schon lange dort gelebt. Auch er war von der alten Erde gekommen, wohl aber um Jahrhunderte der Zeit der alten Erde früher als Karl. Sie beide waren die einzigen Menschen auf der neuen Erde. Das erfuhr Karl.

Der Alte hatte einen langen Bart. Karl selbst wunderte sich, in vielen Monaten waren ihm erst kurze Bartstoppel gewachsen.

Die beiden Männer zogen jetzt zusammen durch die Wälder, durch wuchernde Pflanzen. Kleine Seen überquerten sie auf Gemüse, die Baumstämme sanken im Wasser. Doch all die Andersartigkeiten dieser Erde wurden Karl bald selbstverständlich. Oft wußte er nicht einmal mehr, wie es früher ausgesehen hatte.

Karl gewöhnte sich an das Leben zu zweit. Da ja niemand sonst hier war, bestand kein Grund zur Angst. Er war wieder sorglos, wunschlos und glücklich. Jeden Tag noch entdeckte er Neues auf der Erde. Die Pflanzen hatten Früchte, die Früchte hatten Kerne. Die eine Frucht brannte auf der Zunge, die andere war süß. Immer vielfältiger wurde für Karl seine Welt. Eines Abends waren sie auf ihren Wanderungen an der Hütte angelangt, die Karl nach seiner Ankunft gebaut hatte. Sie saßen schweigsam in der Abendsonne. Da fragte Karl den Alten:

„Kann ich mich noch ausdehnen?"

„Ja, wenn du willst", antwortete dieser.

„Kann ich zurück?"

„Ja, wenn du willst."

Da wußte Karl, daß er nicht zurück wollte. Wohin sollte er auch. Das Beste dort wäre noch der Tod. Aber ausdehnen wollte er sich noch.

„Werde ich mich wieder ausdehnen?" fragte er.

„Ja, später."

Nie in seinem Leben hatte Karl ein Verlangen nach einer Frau gespürt. Er hatte keine Angst vor dem anderen Geschlecht, nicht einmal Scheu. Seine Gedanken waren auf Frauen nur als Arbeitskollege, Vermieter, Vorgesetzte, Richterin usw. getroffen. Jetzt aber platzte es aus ihm heraus:

„Es wäre schön, wenn noch jemand hier wäre."

„Eine Frau?" fragte der Alte.

Karl schwieg lange. Dann sagte er: „Ja."

„An wen denkst du?" fragte der Alte.

Karl schwieg. Er hatte an seine Kindheit gedacht. An die Kinder im Sandkasten. Er hatte damals einen Knochen gefunden gehabt, etwas sehr seltenes zu der Zeit. Diesen Knochen hatte er einem seiner Spielgefährten geschenkt.

Lange streiften sie nach diesem Gespräch durchs Land. Sie wanderten weit in den Norden (so nannte Karl die Richtung). Es wurde sehr warm. Der Alte erklärte ihm, daß die Staub- und Wolkendecke am Pol offen sei. Man könne dort nachts die Sterne sehen, die Milchstraße und andere weit entfernte Galaxien. Es sei aber sehr heiß. Karl drängte zur Rückkehr in das mildere Klima des Südens.

Als sie nach einem Jahr zurück in die erste Hütte kamen, hielt ihn der Weißbärtige zurück. Karl erschrak. Langsam näherten sie sich der Hütte. Als sie hereinsehen konnten, stockte Karls Atem, und er fiel bewußtlos nieder. Als er wieder zu sich kam, lag er in einiger Entfernung von dem Steinhügel. Der Alte fächelte ihm Luft mit einem Farn.

„Warte," sagte er leise, „warte nur."

Karl aber träumte schon wieder. Er träumte, er wäre zu seiner Hütte gekommen und hätte dort jemanden liegen gesehen. Einen neuen Menschen. Eine junge, weiße Frau. Und er kannte sie.

III.

Es war kein Traum. Am nächsten Morgen führte der Alte Karl zur Hütte.

„Hier ist Frauke" sagte er und

„Hier ist Karl."

Für Karl begann eine neue Zeit. Für Frauke war alles neu. Sie sah nur schillernde Farben und fließende Stoffe. Er mußte ihr alles erklären. Die Bäume, die Pflanzen, die Früchte. Schnell ermüdete sie. Dann hatte Karl Angst, sie wollte zurück. Aber sie wollte nicht. Sie dachte nicht daran. Er wollte das Thema nicht berühren, merkte aber bald, daß es für sie gleichgültig war.

Langsam lernte Frauke die Dinge zu unterscheiden. Da wollte Karl sie auf Wanderschaft mitnehmen. Sie wollte zuerst nicht. Als er ihr versprach, einen besonders schönen Teil der Erde zu zeigen, willigte sie ein. Dorthin wanderten sie. Frauke bat ihn, eine Hütte zu bauen. Zwei Zimmer sollte sie haben. Karl kam das wundersam vor, er folgte aber.

Den Alten hatten sie eine Weile vergessen. Er war verreist gewesen – zum Pol, wie er sagte. Karl zog es nicht zum Pol. Er liebte es, auf der Wiese zu liegen, das leise Rauschen des Waldes zu hören und dann einen der Fische – so nannte er die Wesen, die im Wasser wohnten und bei der leisesten Erschütterung flohen – zu fangen. Sie schmeckten nicht gut. Frauke schaute ihm dabei eine Weile zu. Dann ging sie zur Hütte und baute aus dem Holz der Bäume einen Tisch oder andere Sachen. Aus Gräsern knüpfte sie ein Bett. Karl schlief weiter auf nackten Steinen. Nie war er auf dieser Erde krank geworden. Nie hatte er Schmerzen bekommen, was er auch hob und bog, wie er auch fiel oder fror. So saßen sie sorglos, glücklich und zufrieden an einem Tag zusammen auf der Wiese vor der Hütte, als der Alte sich ihnen näherte. Sie hatten es kaum bemerkt, daß sie ihn viele Monate nicht gesehen hatten.

Der Greis setzte sich, grüßte und sagte:

„Ich werde von dieser Erde gehen."

Karl faßte den Sinn der Worte nicht gleich. „Warum nicht?", dachte er. Frauke saß, als ob sie nicht zugehört hätte.

„Um Gottes willen", sagte Karl endlich.

„Ja", erwiderte der Greis, „um Gottes willen. Ich will Euch vorher etwas erklären".

„Ich bin vor vielen Jahren hierher gekommen. Damals gab es auf der alten Erde keine Raumschiffe. Aber auch keine Todesstrafe für Menschen, die ein Geheimnis hatten. Ich wollte zu den Sternen reisen. Viele Jahre übte ich, bis es mir gelang. Verschiedene Planeten besuchte ich, bis ich diese Erde entdeckte. Ich liebte die Einsamkeit, so blieb ich. Bald entdeckte ich, daß ich als Mensch nicht zurück in meine alte Heimat konnte. Dort war ich tot.

Diese Welt gefiel mir jedoch so gut, daß ich beschloß, Menschen hierher zu holen. Ich dehnte mich aus und nahm die Gestalt des Alte-Heimat-Planeten an. Dann suchte ich jemanden, der hierher kommen wollte und das konnte. Ich entdeckte einen Mann und gab ihm die Sehnsucht nach der Erde.

So kamst Du hierher, Karl. Ich reichte Dir das erste Seil und gab Dir auch ein zweites, damit Du hierher kommen konntest. Du bist mein Auserwählter von allen und seine Nachkommen werden mein auserwähltes Volk sein.

Doch der Mensch besteht aus zwei Teilen, dem Mann und der Frau. Ich sah, daß Karl nur ein weibliches Wesen geliebt hatte, Dich, Frauke. Und Du liebtest ihn seit dem Tag, als er Dir den Knochen gab, auch.

Dein Weg hierher war der Wunsch nach einem geliebten Mann, der Zweisamkeit. Leicht nahmst Du alle meine Hilfen für die weite Reise an."

Karl unterbrach den Alten: „Wohin gehst Du?"

„Ich gehe zu Gott, werde eins mit ihm. Ihr wollt und dürft hier bleiben. Dies ist das Paradies. Doch jedes Paradies hat den Baum der verbotenen Frucht. Ihr dürft nicht zum Pol gehen und die Sterne schauen, sonst erlischt das Paradies. Ich warne Euch.

Wenn Ihr aber in Not seid, so könnt Ihr zu mir kommen. Ihr könnt Euch ausdehnen, bis Ihr eins werdet mit mir. Ich will Euch dann für Euer Erdenleben trösten."

So sprach der Alte, erhob sich und ging in den Wald. Sie wußten, sie würden ihn nie wieder sehen.

Karl und Frauke aber lebten wie immer sorglos, wunschlos und glücklich. Nur war eine Saat in ihnen gelegt. Karl dachte manchmal an den Pol, er wollte einmal die Sterne sehen. Frauke aber veränderte sich allmählich. Sie suchte nach einem besseren Wohnort. Erst bauten sie ihre Hütte einen Tagesmarsch weiter auf. Dann einen Wochenweg entfernt. Bald suchten sie nur noch. Sie wanderten im Land, oft ruhelos. Eines Tages sagte Frauke:

„Ich glaube, wir sollten am Pol wohnen."

„Das dürfen wir nicht", wich Karl aus. Aber er dachte noch öfters an die Sterne als vorher.

„Wir sollten einmal noch sehen, von wo wir gekommen sind", wirkte Frauke weiter.

Viele Jahre redeten sie so. Und kamen dabei auf ihrer Wanderschaft in immer wärmere Gegenden.

„Es ist verboten", beharrte Karl immer wieder.

Dann war sie eines Morgens verschwunden. Angst packte Karl. Er wollte nicht ohne Frauke leben. Aber wo war sie? Er ahnte es und folgte ihr. Sie hatte Zeichen hinterlassen, kleine Stücke Holz. Der Weg führte nach Norden.

Die Hitze wurde größer. Die Sonne wurde hell orangenrot, dann gelb. Plötzlich riß der Schleier. Karl sah eine Hütte. Frauke hatte sie gebaut und saß davor und winkte ihm.

Zusammen erwarteten sie dann den Abend. Sterne zogen auf, sie waren Karl unbekannt. Als er aber langsam den ganzen Himmel abgesucht hatte, schrie er:

„Sieh einmal, der Pegasus. Alpha, delta, beta, dort, dort, dort kommen wir her."

„Ja", sagte sie, „dort hatte ich Kleider."

Er sah sie an und sie sah sich an. Ja, sie war nackt, ganz nackt. Schnell bedeckte sie ihre Scham vor seinen Augen.

Es gelang ihr nicht, aber die Geschichte davon ist das zweite Kapitel.

Buchhändler's Traum

die schildkröten kämpfen vollautomatisch gegen das papier an. ihre kraft macht jeden nervös. was kann man denn auch auf der welt schon groß ohne papier machen.

sowie sich eine schildkröte zeigt, rennen alle menschen wie die ameisen durch die gegend um ihre bestände zu verstecken.

anfangs wußte keiner etwas damit anzufangen wenn sie kamen. sie bewegten sich langsam und gemächlich in einen copyshop, stießen die kopierer um und zermampften das papier. daraufhin wurden sie von tierärzten gegen tollwut geimpft und hinter schloß und riegel gesetzt.

dann kamen aber die nächsten. die waren viel größer, das waren nämlich die eltern, und mit denen war weniger zu spaßen. sie zertrampelten eine ganze papierwarengroßhandlung nebst fabrik.

die polizei konnte zwar zwei der schildkröten umkippen. man ließ auch zum zeichen des sieges schildkrötensuppe daraus machen und an die betroffenen familien verteilen, aber nun wurde es langsam ernst.

sie tauchten nun wie aus dem nichts auf, umgeben von riesigen wespenschwärmen und armeen von bücherwürmern, die sie solange auf dem panzer trugen bis papier in reichweite war.

aber auch alles wurde angegriffen: rathäuser, justizgebäude, bezirksämter, buchhandlungen, alles was nach büro roch und selbst schulen, um von buchverlagen gar nicht erst zu reden.

das machte das leben auf der welt so schlimm, daß sich keiner mehr auch nur mit einem zettelchen auf die straße traute. die kioske verödeten, alle hatten angst.

die gifte gegen die wespen hätten in solchen mengen eingesetzt werden müssen, daß die menschen mitkrepiert wären, oder zumindest mehr als die hälfte. – und schieß mal auf ne wespe oder nen bücherwurm, oder versuch, ne schildkröte in einem wespenschwarm zu erwischen.

da haute also nichts mehr hin. die ganze verwaltung und großartige zivilisation brach zusammen. alle anderen feixten sich eins.

(von tini für atia nuur, februar 82)

Paul Bowles

Kätzchen

Kätzchen lebte in einem mittelgroßen Haus, drum herum lag ein großer Garten. Sie liebte Picknicks oder in den Zirkus zu gehen und sie haßte die Schule oder zum Zahnarzt zu müssen. Eines Tages fragte sie ihre Mutter: „Warum heiße ich Kätzchen?" – „Dein wirklicher Name ist Katharina, wir rufen dich nur Kätzchen", sagte die Mutter. Diese Antwort gefiel Kätzchen keineswegs, und sie war sich sicher, daß ihre Mutter etwas vor ihr verheimlichte. Deshalb dachte sie umsomehr über ihren Namen nach. Schließlich meinte sie die Antwort gefunden zu haben. „Mein Name ist Kätzchen, weil ich später sicher eine Katze werde." Sie war sehr stolz darauf, dies entdeckt zu haben und fing an, öfters in den Spiegel zu schauen um zu sehen, ob sie schon anfing wie eine Katze auszuschauen oder wenigstens wie ein Kätzchen.

Lange Zeit sah sie nie etwas anderes als ihr eigenes rosa Gesicht. Aber eines Tages, als sie vor dem Spiegel stand, konnte sie ihren eigenen Augen kaum trauen, denn rings um ihren Mund fingen kleine graue Barthaare an zu sprießen. Sie hüpfte vor Vergnügen und wartete darauf, daß ihre Mutter etwas sagen würde. Aber die Mutter hatte niemals Zeit für sie und bemerkte noch nicht einmal etwas davon.

Jeden Tag sah sie ihr Spiegelbild und entdeckte immer neue wundervolle Veränderungen. Langsam wuchsen die Barthaare länger und standen bald ziemlich weit im Gesicht hervor. Ein weiches graues Fell fing an ihre Haut zu schmücken. Ihre Ohren wurden spitz und sie hatte weiche Polster in den Handflächen und auf den Fußsohlen. Dies erschien ihr alles zu gut um wahr zu sein, und Kätzchen war traurig, daß keiner ein Wort über ihre unglaublichen Veränderungen sagte.

Eines Tages ging sie beim Spielen auf ihre Mutter zu und sagte: „Miau, ich bin Kätzchen, gefällt dir mein Fell?" – „Ich weiß nicht," sagte die Mutter, „welche Farbe hat es denn?" – „Es ist grau." – „Grau, ach wie schön", sagte die Mutter, und Kätzchen mußte schweren Herzens erkennen, daß es der Mutter gleich war, welche Farbe ihr Fell hatte.

Sie versuchte auch einige Nachbarn dazu zu bringen etwas über ihren schönen Bart, ihre samtenen Ohren und ihren kurzen flauschigen Schwanz zu sagen, und alle waren sich einig, daß sie sehr schön sei, schenkten ihr aber weiter keine Beachtung. Dies war Kätzchen ziemlich egal, ihr selbst jedenfalls fiel auf, was mit ihr geschah.

Eines Sommermorgens, als Kätzchen erwachte, entdeckte sie, daß ihre Finger- und Zehennägel durch prächtige neue perlgraue Katzenkrallen ersetzt waren. Diese Krallen konnte sie rein und wieder raus strecken, ganz wie sie wollte. Sie sprang in aller Frühe aus dem Bett und rannte in den Garten. Ihre Eltern schliefen noch, aber es hüpften einige Vögel auf dem Rasen herum. Sie schlich sich in ein Gebüsch hinein und beobachtete. Ihr Nachthemd verfing sich in den dornigen Zweigen, so riß sie es sich vom Leibe. Als einer der Vögel ganz in ihre Nähe kam, sprang sie vor und fing ihn. In diesem Augenblick erkannte sie, daß sie nun kein Mädchen mehr war und daß sie nie wieder eins sein würde. Der Vogel schmeckte gut, aber sie entschloß sich, ihn doch nicht aufzuessen. Stattdessen rollte sie sich auf den Rücken und leckte ihre Pfoten. Dann setzte sie sich auf und wusch ihr Gesicht. Etwas später beschloß Kätzchen, zu Mrs. Tinsleys Haus rüberzugehen, vielleicht gäbe es dort etwas zum Frühstücken. Also sprang sie auf die Mauer und rannte bis auf das Dach der Garage. Sie kletterte das Gitterwerk hinunter in den Nachbarhof. Es kamen Geräusche aus der Küche, und so ging sie zur Drahtgittertür und schaute hinein. Dann sagte sie „Miau". Sie mußte es eine Zeitlang wiederholen, bis Mrs. Tinsley kam und sie entdeckte.

„Oh, ist das nicht das süßeste Kätzchen?" sagte Mrs. Tinsley und rief gleich ihren Mann und ihre Schwester herbei. Sie kamen und sahen das kleine graue Kätzchen mit einem erhobenen Pfötchen am Gitter kratzen. Natürlich ließen sie es herein, und bald schleckte Kätzchen fröhlich an einer Schale Milch. Auf einem Kissen zusammengerollt schlief sie den ganzen Tag, und abends gab es einen Teller mit roher Leber.

Nach dem Essen wollte sie nach Hause gehen. Mr. Tinsley sah sie an der Küchentüre stehen. Aber statt ihr die Tür zu öffnen, packte er sie und schloß sie in den Keller. Dies war ganz und garnicht, was Kätzchen wollte, und sie weinte die ganze Nacht.

Am nächsten Morgen durfte sie wieder rauf und man gab ihr eine Schale Milch. Nachdem sie getrunken hatte, wartete sie in der Küche, bis Mrs. Tinsley die Tür aufmachte um in den Hof zu gehen. Da flitzte sie blitzschnell zwischen den Beinen von Mrs. Tinsley hindurch und sprang auf das Garagendach. Sie blickte zu Mrs. Tinsley hinunter, die immer wieder „Kätzchen, Kätzchen" rief.

Dann drehte sie sich um und sprang davon. Bald war sie im eigenen Garten. Sie ging zu allen Türen und schaute hinein. Sie sah im

Haus Polizisten mit ihren Eltern. Sie hielten ihr zerrissenes Nachthemd in den Händen, und die Mutter weinte und schluchzte. Keiner schenkte Kätzchen die geringste Beachtung.

Traurig ging sie zurück zu Mrs. Tinsley und blieb dort viele Wochen. Manchmal ging sie rüber zu ihrem Haus und schaute durch die Gittertür. Oft sah sie ihre Mutter oder ihren Vater, aber beide sahen anders aus als früher. Sie öffneten ihr niemals die Türe, obwohl sie Kätzchen manchmal bemerkten.

Es war schön, nicht zur Schule zu müssen, und Mr. und Mrs. Tinsley waren sehr lieb zu ihr, aber Kätzchen liebte ihre Mutter und ihren Vater mehr als alles andere und wollte bei ihnen sein. Mr. und Mrs. Tinsley ließen sie jetzt immer rein und raus ganz wie sie wollte, denn sie kam ja immer zurück. Oftmals schlich sie sich nachts ans Haus und sah durch die Fensterscheiben, wie ihr Vater im Sessel die Zeitung las. So wußte sie auch, daß ihre Mutter fortgegangen war. Auch wenn sie weinte und mit den Krallen am Gitter kratzte, beachtete der Vater sie nicht, und sie wußte, daß er sie niemals einlassen würde. Nur ihre Mutter würde so etwas tun. Sie würde kommen und die Türe öffnen, sie in den Arm nehmen und ihr Stirnfell streicheln und sie küssen.

Mehrere Monate später, als Kätzchen eines Tages in ihren eigenen Garten geklettert war, sah sie ihre Mutter im Stuhl sitzen. Sie sah viel besser aus, fast so wie früher. Langsam und mit aufgerichtetem Schwanz ging Kätzchen über den Rasen auf ihre Mutter zu. Die Mutter richtete sich im Lehnstuhl etwas auf und beobachte, wie sie näher kam, dann lockte sie Kätzchen mit ausgestreckten Armen herbe. „Na, süßes Katzenfräulein," sagte sie, „wo kommst du denn her?" Kätzchen ging so nah an den Stuhl heran, daß die Mutter sie streicheln und hinter den Ohren kraulen konnte. Sie wedelte mit dem Schwanz und schnurrte vor Vergnügen über die Hände der Mutter auf ihrem Fell. Sie hüpfte in den Schoß der Mutter und rollte sich dort zusammen. Selig streckte sie ihre Krallen immer wieder rein und raus. Nach einer längeren Zeit wurde sie von ihrer Mutter hochgehoben, geküßt und ins Haus getragen.

An diesem Abend lag Kätzchen glücklich in ihrer Mutter Schoß. Aus Angst, er könne sie runter scheuchen, traute sie sich nicht in den Schoß ihres Vaters. Außerdem sah sie, daß es dort nicht gemütlich sein würde.

Kätzchen wußte, daß die Mutter sie jetzt schon liebgewonnen hatte, und der Vater würde sie noch lieben lernen. Manchmal dachte sie daran, daß es schön sei, wenn die Eltern wüßten, daß sie „Kätzchen" war, aber das schien unmöglich. Nie wieder hörte sie das Wort „Kätzchen" aus dem Munde der Eltern. Stattdessen hieß sie jetzt „Federchen", denn ihr Fell war so lang und zart, daß sie zu schweben schien, wenn sie sich bewegte. Sie hatte keine Pflichten, um die sie sich sorgen mußte, sie brauchte nie zum Zahnarzt oder sich Gedanken darüber machen ob die Mutter die Wahrheit sagte oder nicht; denn jetzt wußte sie immer selbst die Wahrheit. Sie war Kätzchen, und sie war glücklich.

Der Baum steht unmittelbar südlich der McMinnville-Umgehung am Oregon State Highway 18. Im letzten Jahr hat er einen seiner Hauptäste verloren, sieht aber immer noch beeindruckend aus. Wir fahren mehrmals im Jahr daran vorbei, und es ist ihm noch immer gelungen, seine Verhältnismäßigkeit mit Würde und dem Geschick langjähriger Erfahrung aufrechtzuerhalten.

Früher waren sie nicht so anspruchsvoll. Sie hetzten uns nie weiter als bis in einen Galopp, und auch das war selten; zumeist war es eine gemütliche Schritt-Gangart. Und wenn einer von ihnen auf seinen eigenen Beinen kam, war es ein ausgesprochenes Vergnügen, sich ihm zu nähern. Es blieb Zeit genug, das Ganze stilvoll auszuführen. Da kam er dann, mit Armen und Beinen schlenkernd, wie es ihre Gewohnheit ist, und blickte gewöhnlich auf die Straße, oft aber auch seitwärts zu den Feldern hinüber oder zu mir; und ich näherte mich ihm stetig, aber schön gemächlich, wurde immer größer, synchronisierte das Tempo des Herannahens perfekt mit dem Tempo des Wachsens, so daß er genau im selben Moment, da ich mich aus einem winzigen Punkt zu meiner vollen Größe entwickelt hatte – sechzig Fuß in jenen Tagen –, auf gleicher Höhe mit mir befand und mich über ihn beugte, aufragte, emporreckte, ihn überschattete. Dennoch zeigte er keine Angst. Nicht einmal die Kinder fürchteten sich vor mir, obwohl sie oft genug den Blick auf mich hefteten, wenn ich an ihnen vorbeikam und wieder kleiner zu werden begann.

Manchmal, an heißen Nachmittagen, hielt mich wohl einer der Erwachsenen dort an, wo wir uns trafen, und legte sich für eine Stunde oder mehr, den Rücken an den meinen gelehnt, zu meinen Füßen nieder. Das störte mich überhaupt nicht. Ich besitze einen ausgezeichneten Hügel, gute Sonne, guten Wind, gute Aussicht; weshalb sollte ich etwas dagegen haben, eine Stunde oder einen Nachmittag lang stehenzubleiben? Schließlich ist es ja nur ein relatives Stehenbleiben. Man braucht nur die Sonne anzusehen, dann merkt man schon, wie schnell man vom Fleck kommt; und außerdem wächst man doch ständig – vor allem im Sommer. Wie dem auch sei, ich war gerührt davon, wie sie sich mir anvertrauten, mir gestatteten, mich an ihren kleinen, warmen Rücken zu lehnen, bis sie zwischen meinen Füßen einschliefen. Ich hatte sie gern. Sie haben uns zwar nur selten zur Zierde gedient, wie die Vögel; aber ich ziehe sie den Eichhörnchen durchaus vor.

In jenen Tagen pflegten die Pferde für sie zu arbeiten, und auch das war von meinem Standpunkt aus erfreulich. Am allerbesten gefiel mir der leichte Galopp, und darin wurde ich auch sehr geübt. Die wogende, rhythmische Bewegung begleitete das Schrumpfen und Wachsen mit einem Wiegen und Gleiten, fast einer Illusion des Fliegens. Der schnelle Galopp war weniger angenehm. Der stieß und stampfte: Man fühlte sich hin und her geworfen wie ein Schößling im Sturm. Und außerdem gingen beim Galopp die langsame Annäherung und das Wachsen, der Augenblick des Emporragens und das langsame Entfernen und Schrumpfen verloren. Man mußte sich regelrecht hineinwerfen, klippety-klippety-klippety!, und der Mann war gewöhnlich viel zu sehr aufs Reiten konzentriert, und das Pferd zu sehr aufs Laufen, um zu mir emporzublicken. Aber so etwas geschah nicht oft. Ein Pferd ist schließlich sterblich und wird, wie alle diese beweglichen Kreaturen, schnell müde; deswegen ermüdeten sie ihre Pferde nur, wenn es wirklich dringend notwendig war. Und in jenen Tagen schien sehr vieles so dringend notwendig zu sein.

Es ist lange her, daß ich einen Galopp mitgemacht habe, und um die Wahrheit zu sagen, ich würde ganz gern mal wieder einen erleben. Irgendwie hatte er doch etwas Belebendes.

Ich weiß noch gut, wie ich das erste Automobil entdeckte. Genau wie die meisten von uns hielt ich es für einen Sterblichen, eine Art ungebundenes Wesen, das ich noch nicht kannte. Deswegen war ich ein wenig schokkiert, denn nach einhundertzweiunddreißig Jahren glaubte ich, die gesamte ortsansässige Fauna zu kennen. Doch etwas Neues ist immer interessant – auf seine eigene, triviale Art –, deswegen beobachtete ich dieses Wesen mit besonderer Aufmerksamkeit. Ich näherte mich ihm mit recht guter Geschwindigkeit, etwa so schnell wie beim Leichtgalopp, doch in einer ganz neuen Gangart, die zu dem unschönen Äußeren des Wesens paßte: mit unbequemen, holpernden, rollenden, keuchenden, zukkenden Bewegungen. Nach zwei Minuten, noch ehe es einen Fuß groß geworden war, wußte ich, daß es sich nicht um ein sterbliches Wesen handelte, weder gebunden noch ungebunden oder frei. Es war ein Machwerk wie die Karren, vor die die Pferde geschirrt waren. Ich hielt es für so schlecht gemacht, daß ich nicht glaubte, es werde zurückkehren, nachdem es über den West Hill gekeucht war, und hoffte von Herzen, es nie mehr zu sehen, denn dieses rumpelnde Bocken und Springen gefiel mir gar nicht.

Aber das Ding hielt einen regelmäßigen Fahrplan ein, und somit notgedrungen ich auch. Täglich um vier mußte ich mich ihm, das klappernd und stotternd aus Westen kam, nähern, mußte ich mich vergrößern, mußte ich über ihm emporragen und wieder schrumpfen. Und dann um fünf ging's wieder zurück, aus dem Osten heranhoppelnd wie ein junges Kaninchen, schüttelnd und rüttelnd trotz meiner sechzig Fuß, bis ich endlich außer Sichtweite dieses verdammten kleinen Monstrums war, mich entspannen und meine Glieder in den Abendwind recken konnte. Es saßen immer zwei von ihnen in der Maschine: ein junges Männchen, das das Lenkrad hielt, und hinter ihm ein altes Weibchen, das sich, finster dreinblickend, in Felle gehüllt hatte. Falls sie jemals etwas miteinander sprachen, so hörte ich es nicht. In jenen Tagen hörte ich eine Menge Gespräche auf der Landstraße mit an, doch niemals eines in dieser Maschine. Ihr Dach war offen, aber sie machte soviel Lärm, daß er alle Stimmen übertönte, sogar die Stimme eines Singspatzen, den ich in jenem Jahr bei mir hatte. Der Lärm war beinahe so übel wie das Gehüpfe.

Ich komme aus einer Familie mit starren Prinzipien und beträchtlicher Selbstachtung. Das Motto der Eichen lautet: »Brechen, aber nicht biegen«, und ich habe mich immer bemüht, danach zu leben. Und so war es nicht nur persönliche Eitelkeit, die gekränkt war, als mich ein minderes Machwerk zum Hüpfen und Springen zwang, sondern der Familienstolz.

Den Apfelbäumen in den Obstgärten am Fuß des Hügels schien das nichts auszumachen; doch Äpfel sind ja schließlich zahm. Ihre Gene sind seit Jahrhunderten manipuliert worden. Außerdem sind sie Herdengeschöpfe; kein Gartenobstbaum könnte sich jemals eine eigene Meinung bilden.

Ich behielt meine Meinung für mich.

Doch ich war sehr froh, als dieses Automobil aufhörte, uns zu belästigen. Der ganze Monat verging, ohne daß es kam, und den ganzen Monat lang ging ich Menschen, trabte ich Pferden äußerst bereitwillig entgegen und wiegte mich sogar für ein Baby auf dem Arm seiner Mutter, während ich angestrengt, wenn auch vergeblich versuchte, den klaren Blick zu bewahren.

Im folgenden Monat jedoch – es war September, denn die Schwalben waren ein paar Tage zuvor fortgezogen – erschien schon wieder so eine Maschine, eine neue, die mich, die Straße, unseren Hügel, den Obstgarten, die

Felder, das Farmhausdach, die uns alle stoßend und hüpfend und klappernd von Osten nach Westen zog; ich lief schneller als im Galopp, schneller als jemals zuvor. Mir blieb kaum Zeit, emporzuragen, ehe ich schon wieder schrumpfen mußte.

Und am darauffolgenden Tag kam schon wieder eine andere.

Von da an wurden sie jährlich zuerst, dann wöchentlich und täglich häufiger. Sie wurden der Hauptfaktor in der hiesigen Ordnung der Dinge. Die Straße wurde aufgerissen, mit neuem Metall versehen, verbreitert und mit einer sehr glatten, scheußlichen Decke belegt, ähnlich wie eine Schneckenspur, ohne Furchen, Pfützen, Steine, Blumen und Schatten. Früher gab es viele von den kleinen, ungebundenen Wesen auf der Straße, Grashüpfer, Ameisen, Kröten, Mäuse, Füchse und so weiter, die meisten zu klein, um sich für sie in Bewegung zu setzen, da sie mich doch nicht richtig sehen konnten. Nun meiden die klügeren Tiere die Straße, während die Unklugen zerquetscht werden. Ich habe schon zu viele Kaninchen so sterben sehen, unmittelbar zu meinen Füßen. Ich bin dankbar dafür, daß ich eine Eiche bin, und daß ich zwar vom Wind umgerissen und entwurzelt, geschlagen oder zersägt, unter keinen Umständen jedoch zerquetscht werden kann.

Bei so vielen Automobilen gleichzeitig auf der Straße, wurde von mir eine ganz neue Fertigkeit verlangt. Als kleiner Schößling hatte ich, sobald ich den Kopf über das Unkraut emporrecken konnte, den einfachen Trick gelernt, in zwei Richtungen gleichzeitig zu gehen. Ich lernte ihn, ohne darüber nachzudenken, ganz einfach unter dem Druck der Umstände bei der ersten Gelegenheit, als ich im Osten einen Fußgänger und aus Westen einen Reiter kommen sah. Ich mußte in zwei Richtungen gleichzeitig gehen, und darum tat ich es. Das ist etwas, das wir Bäume ohne wirkliche Anstrengung vollbringen, vermute ich. Zwar war ich nervös, doch es gelang mir, an dem Reiter vorbeizukommen und dann hinter ihm zu schrumpfen, während ich gleichzeitig noch immer auf den Fußgänger zufederte und tatsächlich erst an ihm vorbeikam (kein Emporragen, damals!), als ich den Reiter aus den Augen verloren hatte. Da ich, bei jenem ersten Mal, noch sehr jung war, war ich auch überaus stolz auf mich; aber es klingt schwieriger, als es wirklich ist. Seither habe ich das natürlich zahllose Male vollbracht und mir überhaupt nichts dabei gedacht; jetzt könnte ich es praktisch im Schlaf. Doch haben Sie jemals überlegt, was es heißt, wieviel Geschicklichkeit notwendig ist, damit ein Baum für jeden einzelnen von vierzig in entgegengesetzte Richtungen fahrende Automobillenker gleichzeitig mit verschiedener Geschwindigkeit und auf verschiedene Art und Weise wachsen muß, während er zur selben Zeit für vierzig andere, die ihm den Rücken zuwenden, schrumpfen muß, dabei aber nicht vergessen darf, über jedem einzelnen zum richtigen Zeitpunkt emporzuragen: und das Minute um Minute, Stunde um Stunde, von Tagesanbruch bis zum Einbruch der Nacht und noch viel länger?

Denn meine Landstraße war eine sehr beschäftigte Straße geworden; sie arbeitete den ganzen Tag unter fast niemals abreißendem Verkehr. Sie arbeitete, und ich arbeitete. Ich holperte und hüpfte zwar nicht mehr soviel, aber ich mußte immer schneller werden: enorm schnell wachsen, im Bruchteil einer Sekunde emporragen, dann wieder zu nichts schrumpfen, und alles in höchster Eile, ohne die Zeit, es zu genießen, und ohne Rast: immer und immer wieder.

Nur sehr wenige Fahrer machten sich die Mühe, mich anzusehen, nicht mal mit einem Seitenblick. Sie schienen tatsächlich überhaupt nichts mehr zu sehen. Sie starrten immer nur nach vorn. Sie schienen zu glauben, sie hätten ein Ziel. Vorn an ihrem Wagen waren kleine Spiegel angebracht, in die sie blickten, um zu sehen, wo sie gewesen waren; und schon starrten sie wieder nach vorn. Ich hatte immer geglaubt, nur Käfer hätten diese Illusion des Vorankommens. Käfer eilen ständig umher und blicken auch niemals empor. Ich hatte immer eine ziemlich schlechte Meinung von Käfern. Aber die ließen mich wenigstens in Ruhe.

Ich muß gestehen, daß ich zuweilen, in den gesegneten dunklen Nächten, in denen kein Mond meine Krone versilberte und keine Sterne meine Zweige besetzten, in denen ich also ausruhen konnte, daß ich da ernsthaft daran dachte, meinen Pflichten gegenüber der allgemeinen Ordnung der Dinge zu entfliehen: *mich nicht mehr zu bewegen*. Nein, nicht im Ernst. Nur halb im Ernst. Es war einfach Müdigkeit. Wenn sogar eine kleine, dumme, dreijährige Weide am Fuß des Hügels ihre Verantwortung trug und für jedes Automobil auf der Straße hüpfte und rollte und beschleunigte und wuchs und schrumpfte, sollte da ich, eine Eiche, mich etwa drücken? Noblesse oblige, und ich glaube, daß ich nicht eine einzige Eichel abgeworfen habe, die nicht ihre Pflicht kannte.

Seit fünfzig oder sechzig Jahren habe ich also die Ordnung der Dinge aufrechterhalten und mein Teil dazu getan, daß diese seltsame Illusion der menschlichen Wesen, ein Ziel zu haben, aufrechterhalten wurde. Und ich bin durchaus bereit, es weiterhin zu tun. Jedoch hat sich etwas wahrhaft Schreckliches ereignet, gegen das ich heftigst zu protestieren wünsche.

Es macht mir nichts aus, in zwei Richtungen zugleich zu gehen; es macht mir nichts aus, gleichzeitig zu wachsen und zu schrumpfen; es macht mir nichts aus, mich zu bewegen, sogar mit der unangenehmen Geschwindigkeit von sechzig oder siebzig Meilen pro Stunde. Ich bin bereit, all diese Dinge auch weiterhin zu tun, bis ich gefällt oder mit Bulldozern umgelegt werde. Das ist mein Job. Doch ich protestiere leidenschaftlich dagegen, ewig gemacht zu werden!

Ewigkeit gehört nicht zu meinen Pflichten. Ich bin eine Eiche, nicht mehr und nicht weniger. Ich habe meine Aufgabe, und die führe ich aus; ich habe meine Freuden, und die genieße ich, obwohl sie immer weniger werden, da die Vögel immer weniger werden und der Wind nicht mehr frisch ist. Doch so langlebig ich auch sein mag – ich habe ein Recht auf Endlichkeit. Sterblichkeit ist mein Vorrecht. Und die hat man mir nun genommen.

Man hat sie mir an einem regnerischen Abend im März letzten Jahres genommen.

Rudel und Gruppen von Autos füllten, wie gewöhnlich, die sich schnell bewegende Straße in beiden Richtungen. Ich war so intensiv damit beschäftigt, dahinzueilen, zu wachsen, emporzuragen, zu schrumpfen, und das Tageslicht schwand so schnell, daß ich kaum wahrnahm, was geschah, bis es geschah. Einer der Fahrer in einem der Autos hatte anscheinend das Gefühl, sein Bedürfnis, zum ›Ziel‹ zu gelangen, sei besonders dringlich, und versuchte, seinen Wagen vor den Wagen vor ihm zu bringen. Dieses Manöver erfordert eine zeitweilige Abweichung der Wegrichtung und eine Verschiebung auf die gegenüberliegende Seite, die Seite, die normalerweise in die andere Richtung läuft (und ich darf sagen, daß ich die Straße gebührend bewundere für ihr Geschick darin, derartige Manöver auszuführen, die für ein nichtlebendes Wesen, ein einfaches Machwerk, schwierig zu bewältigen sein müssen). Zufällig befand sich jedoch ein anderer Wagen ganz in der Nähe des Eiligen und kam ihm, da dieser die Seiten gewechselt hatte, entgegen; und die Straße, bereits überfüllt, konnte nichts mehr dagegen tun. Um den Zusammenstoß mit dem entgegenkommenden Wagen zu vermeiden, mißachtete der eilige Wagen vollkommen die Wegrichtung und verschob sie, wie er es ausgedrückt hätte, nach Nord-Süd, so daß er mich zwang, ihm unmittelbar entgegenzuspringen. Ich hatte keine andere Wahl. Ich mußte mich bewegen, und zwar schnell – mit fünfundachtzig Meilen pro Stunde. Ich sprang: Ich ragte ungeheuer hoch empor, höher als jemals zuvor. Und dann traf ich den Wagen.

Ich verlor ein beträchtliches Stück von meiner Rinde und, schlimmer noch, ein ziemlich großes Stück Kambium; doch ich war zweiundsiebzig Fuß groß und ungefähr neun Fuß im Umfang dort, wo der Wagen auftraf; daher erlitt ich keinen wirklichen Schaden. Meine Äste erzitterten unter dem Stoß so stark, daß ein Rotkehlchennest vom vorigen Jahr herunterfiel; und ich wurde so durchgeschüttelt, daß ich ächzte. Das war das einzige Mal in meinem Leben, daß ich jemals laut etwas gesagt habe.

Das Automobil kreischte fürchterlich. Es wurde von meinem Schlag zerschmettert, im wahrsten Sinne zerquetscht. Der hintere Teil erlitt nicht allzu viel Schaden, das Vorderteil jedoch verdrehte und verzerrte sich wie eine alte Wurzel, und kleine, glänzende Stückchen davon flogen überall herum wie festgewordene Regentropfen.

Der Fahrer hatte keine Zeit mehr, etwas zu sagen; ich tötete ihn auf der Stelle.

Doch das ist es nicht, wogegen ich protestiere. Ich mußte ihn töten. Mir blieb keine Wahl, und deswegen empfinde ich auch kein Bedauern. Wogegen ich protestiere, was ich nicht ertragen kann, ist folgendes: Als ich ihn ansprang, sah er mich. Endlich einmal blickte er auf. Er sah mich, wie ich noch niemals zuvor gesehen worden bin, nicht mal von einem Kind, nicht mal in den Tagen, als die Menschen die Dinge noch ansahen. Er sah mich ganz, und sah sonst nichts – da nicht, und niemals mehr.

Er sah mich unter dem Aspekt der Ewigkeit. Er verwechselte mich mit der Ewigkeit. Und da er im Augenblick der falschen Vorstellung starb, kann sie sich niemals mehr verändern, bin ich auf ewig darin gefangen.

Das aber ist unerträglich. Eine derartige Illusion kann ich niemals aufrechterhalten. Wenn die menschlichen Wesen die Relativität nicht verstehen – nun gut; verbundene Verhältnisse aber müssen sie doch verstehen!

Wenn es für die Ordnung der Dinge notwendig ist, werde ich Fahrer von Automobilen töten, obwohl das Töten normalerweise nicht zu den Pflichten der Eichen gehört. Ungerecht aber ist es durchaus, von mir zu verlangen, nicht nur die Rolle des Mörders zu spielen, sondern auch die des Todes selbst. Denn ich bin nicht der Tod. Ich bin das Leben: Ich bin sterblich.

Wenn sie den Tod auf der Welt unbedingt sichtbar machen wollen, dann ist das ihre Angelegenheit, nicht meine. Ich werde für sie nicht die Ewigkeit spielen. Wegen des Todes sollten sie sich nicht an die Bäume wenden. Wenn sie den sehen wollen, sollen sie sich gegenseitig in die Augen blicken – dort finden sie ihn.

**Das Experiment sah ganz einfach aus;
bis auf eine Kleinigkeit**

Kontrolliertes Experiment

von Rick Conley

Allein auf dem Podium, im grellen Schein der Kamerabeleuchtung, sprach der alte Mann träge:

„Ich habe diese Pressekonferenz einberufen, um meinen Rückzug aus dem American Psionic Institute bekanntzugeben."

Die Versammlung von Wissenschaftlern und Reportern begann, aufgeregt zu flüstern.

„Als Mitbegründer dieser Organisation widerstrebt es mir, sie zu verlassen; doch meine weitere Anwesenheit hier kann nur die Arbeit ehrbarer Männer mit Zweifel

überschatten. So beging ich neulich in meinem Eifer, die Existenz psychischer Phänomene zu beweisen, die einzige unverzeihliche Sünde in der Wissenschaft: Ich manipulierte vorsätzlich ein Experiment, um die gewünschten Ergebnisse zu erhalten.

Vor einigen Wochen setzte ich in die Gehirne von Ratten Elektroden ein, die durch einen Zufallsgenerator angeregt zuhöchst angenehme Empfindungen in den Tieren erzeugten. Mein Ziel: Zu sehen, ob die Ratten durch Teleginese – Geist über Materie – den Generator beeinflußten, mehr als die zu erwartende Anzahl von Stimulationen zu liefern.

Ich meldete unmittelbar bevorstehenden Erfolg – direkter Beweis geistiger Fähigkeit! Aber dann – dann beobachteten heimlich einige meiner, von der übertriebenen Aufmerksamkeit, die ich meiner Apparatur widmete, verwirrten Kollegen, wie ich die Ausrüstung manipulierte, um den Ratten zusätzliche Stimulationen zu liefern."

Der alte Mann seufzte.

„Warum hatte ich betrogen? Ich weiß es nicht. Ich war mir in der Tat, bis meine Kollegen mit mit dem Beweis konfrontierten, kaum meiner Handlungen bewußt.

Vielleicht hatte ich mich nach einem Leben ehrenhafter Forschung, das im besten Falle zweideutige Ergebnisse vorweisen konnte, unbewußt entschlossen, dem Experiment nur ein wenig nachzuhelfen in der Absicht, meine Kollegen zu ermutigen und die Skeptiker zu beeindrucken."

In jedem Fall, ich bin betrübt über die Verlegenheit, die ich dem Institut bereitet habe. Und nun sollte ich meine Arbeit fähigeren, vertrauenswürdigeren Männern anvertrauen. Besonders dankbar bin ich, daß Dr. John Cole versprochen hat, meine Forschungen mit dem Zufalls-Stimulator fortzusetzen.

Viel Glück, John. Ich weiß, Du würdest nicht wie ich die Kontrolle verlieren."

Alleine im Laboratorium, in einem Käfig festgeschnallt quiekten die Ratten in Ekstase, wenn die Maschine die sich wiederholenden Stimulationen durch die Elektroden in den Gehirnen leitete.

Mehr! das Hirn der Ratten schrie. Mehr! Mehr!

Doch die Maschine ignorierte ihre Forderungen; in Einklang mit ihrer eigenen mechanischen Laune fuhr sie fort, den Kreaturen nur kurze Augenblicke ins Paradies zu gewähren.

Dann wurden die Ratten gespannt. Der Mann! der Mann kam!

Sekunden später öffnete Dr. Cole die Tür des Labors und trat ein. Während er zum Experimentierapparat ging, überprüfte er hoffnungsvoll den elektronischen Zähler. Er war enttäuscht, festzustellen, daß die Ratten in der letzten Stunde keine Stimulationen über der zu erwartenden Wahrscheinlichkeit erhalten hatten. Gute Sache, daß er da war.

In den Käfig mit den winzigen Kreaturen spähend, seufzte er: „Tut etwas, ihr Blindgänger! Tut etwas!"

In diesem Augenblick konzentrierten sich die Ratten mächtig.

In ihren Hirnen sprossen mit der Geschwindigkeit von Gedanken Ranken geistiger Energie. Bis tief in die Winkel von Coles Geist reichend, berührten, sondierten und verdrehten diese Ranken.

Mehr! Die Gehirne der Ratten schrien. Mehr! Mehr!

Unbewußt hatte Cole eine Wählscheibe am Zufalls-Generator gedreht. Die Stimulationen waren nicht länger Zufall; sie kamen schneller und schneller.

Sogar in ihrer größten Erregung spürten die Ratten, daß dies nicht derselbe Mann war, den sie vorher... berührt hatten. Aber immer noch war es ein Mann, keine Maschine, und konnte manipuliert werden.

Sie quiekten vor Lust.

Sie waren wieder unter Kontrolle.

Haniel Long

Wie Pittsburgh (wieder) zum Dschungel wurde

Die Geschichte, wie Pittsburgh zu einem Dschungel wurde, mag oder mag auch keine Moral besitzen, sie ist aber ein merkwürdiges Beispiel der Gesetzgebung einer modernen Stadt.

Eines Frühlings nutzte ein millionenschwerer Blumenzüchter, zusammen im Bunde mit einem Blumenkästen-Fabrikant, seinen

Einfluß für sein privates Gewinnstreben; er war clever genug, einen Teil einer Gesetzgebung zu beanspruchen, welcher mit normalen Gesetzesmaßnahmen nichts zu tun hatte und der reichlich sein eigenes Geschäft favorisierte. Er machte es für jeden Pittsburgher obligatorisch, an jedes seiner Fenster einen Blumenkasten zu hängen oder zu stellen. In der Verwirrung einer vorhandenen Ermüdung durch die Sitzung, passierte die Gesetzesvorlage die Gesetzgebung und wurde in gebührendem Abstand Gesetz.

Der millionenschwere Blumenzüchter, der in der Stadt das Monopol im Verkauf von Samen und Blumen hatte, sorgte dafür, daß das Gesetz durchgeführt wurde. Aber zuerst kam es zu einem lauten Aufschrei. Die Besitzer der Wolkenkratzer protestierten, waren sie doch auch mit anderen Fabrikbesitzern und Aktiengesellschaften verbunden. Der Gouverneur sandte einen besonderen Repräsentanten, um die Situation in den Griff zu bekommen, und einige vermögende Besitzer wurden verhaftet. Deren Freunde brachten den Fall vor Gericht, wo er aber niedergeschlagen wurde. Der Richter, so wurde geflüstert, hätte eine Vorliebe für Blumen und ließ wissen, daß das Gesetz nicht so unvernünftig sei wie viele andere Gesetze. Daraufhin wurden die Klagen zurückgenommen.

Zwischenzeitlich hatten der Blumenzüchter und sein Partner eifrig Propaganda verbreitet. Naturalisten und Plattformredner waren auf geheimnisvolle Weise in der Stadt erschienen und hielten Vorlesungen im Namen der Blumen. Eine große musikalische Kampagne pries das neue Gesetz, desgleichen auch ein bekannter Evangelist. Die Nationale Vereinigung der Frauen-Clubs heuerte einen Biologen an, aufgrund dessen Reports sämtliche Klagen verflachten. Hier und da begannen im Hauptgeschäftsviertel Blumen aus den Fenstern zu sprießen. Die natürliche Schönheit der Farben und des Wohlgeruchs fand Eingang in die Herzen der Stenographinnen, sodaß diese den Plan unterstützten: Er führte zu einem neuen Interesse und war auch Ursache für Rivalität, welche sich in der Verschiedenartigkeit der Fenster zeigte.

Der Oberste Gerichtshof hielt das Gesetz aufrecht; der Blumenkästen-Fabrikant vergrößerte seine Fabrik und arbeitete Tag und Nacht. Die Fassaden der Wolkenkratzer wurden langsam grün. Bittersüße, honigartige Kletterhortensie, sogar Reben krochen an den Flächen der weißen Ziegel und roten Ziegelsteine entlang und liefen an kleinen Gittern auf und ab. Die Jahreszeit der Narzissen und Anemonen, der Stiefmütterchen, Rittersporn und Iris, der Pfingstrosen und Dahlien, der Astern und Chrysanthemen, arbeitete an einer unbeschreiblichen Veränderung in den tiefen Straßenschluchten. Die Veränderung war nicht nur in den Farben zu bemerken; die Blumen zogen Insekten an, besonders Bienen und viele verschiedene Arten von Vögeln. Jeder Verkehrspolizist hängte ein nettes, kleines Vogelhäuschen an seine Ampel, für die purpurnen Rosenstare. Die Straßenschluchten, in denen man bisher nur den Lärm der Fahrzeuge gehört hatte, waren nun mit Vogelstimmen und dem Gesumme kleiner Insekten erfüllt.

Die Reben wurden von Jahr zu Jahr größer, hingen wild in der Luft oder wurden nahe bei den Fenstern geschnitten. Viele neue Blumenarten waren gewachsen. Besucher waren bei der Neuheit der Aussicht wie erschlagen, und Berichte über das neue Wunder gingen um die Welt. Bilder von Pittsburgh in der Sonnenblumensaison und in der Jahreszeit der Gladiolen erschienen überall in Filmen und wurden von Millionen bewundert. Die Stadt, welche man bisher als reine Industrieansiedlung kannte, wurde nun aufgrund ihrer Schönheit von allen Reiseunternehmern angefahren, wurde zum Mekka der Hochzeitsreisenden, der Niagara-Fälle-Enttäuschten, der Ornithologen, Botaniker und Exotiksuchenden.

Die Stadt erhielt eine neue große Einkommensquelle. Diejenigen, welche von dem Geschäft mit den Touristen lebten, beeinflußten das Geschäftsleben der Stahlstadt. Hotels von riesigen Proportionen wurden gemächlich, nach und nach, zu Hochgärten von über sechzig Stockwerken. Es wurde überall bekannt, wie wunderschön die hängenden Gärten, Bäume und Seen von Pittsburgh waren. Pfade wanden sich kilometerweit durch grüne Kluften. Weiß- und orangefarbene Markisen schützen die weiten Dächer, und den ganzen Winter durch schien die Sonne durch die Glashäuser, welche die Blumen schützten.

Mittlerweile verlor die Stadt, bedingt durch die Invasion der Blumenkästen, ihr industrielles Gesicht. Zwischen jüngeren und günstigeren Produzenten kam es zu harten Konkurrenzkämpfen. Die jungen Stahltitanen Gary, Pueblo und Birmingham wurden durch die Veränderung ihres gigantischen Vaters stark erschüttert. Es kam die Zeit, wo es nicht mehr länger zweckmäßig war, die großen Hochöfen aufrechtzuerhalten und Pittsburgh merkte, daß seine Schönheit zur neuen Unterhaltsquelle geworden war.

Verschiedene Wolkenkratzer, welche ohne Pächter waren, wurden aufgegeben und einem unbeschränkten Gartenbau überlassen. Worauf der Dschungel (in tödlichem Ernst) ansetzte, die Straßenschluchten der Stadt zu erobern. Nach und nach überwucherte er die Flußtäler, kroch sanft durch aufgegebene Fabriken, über winklige Dächer und verwandelte Kuppeln zu einem verblüffenden Anblick. Die Brücken der fünf Flüsse wurden schöner als man sich Brücken in Träumen ausmalen kann.

Die Luft wurde klarer. Kein Rauch war mehr erlaubt, nur noch elektrische Lokomotiven durchfuhren die Stadt. Die Straßen und Autobahnen waren überwuchert von blühenden Sträuchern und Büschen. Blies der Wind in die richtige Richtung, so konnte man in Youngstown, Morgantown und Cleveland den Duft von Pittsburgh riechen. Es erschien fremd aber auch fabelhaft, als der Schwefeldioxydgeruch überdeckt wurde, an welchen sie so gewöhnt waren, und sie sagten zueinander: „Oh!, jetzt in Pittsburgh zu sein, im schönen Pittsburgh!"

Die Einwohner der Stadt und ihre Natur wurden verändert. Angelsachsen, welche mit Blumen nichts anfangen konnten, verließen sie. Aber Tausende über Tausende von Gärtnern, die das Erzeugen solcher Blumenpracht brauchten, von der die Menschen von Kapstadt bis Tibet sprachen, kamen in die Stadt; wie auch die Kinder von Einwanderern, die Pittsburgh so richtig nach ihrem Geschmack fanden.

Der Fabrikant, der unwissentlich die Ursache für diese so komplexe Veränderung auslöste, erlitt ein sonderbares Schicksal. Die nichtvergessenden Konzerne verfolgten ihn unbarmherzig und fanden eine Revanche für ihre Ausschaltung beim Beginn des Geschäftes durch ihn, als sie ihm Bestechung und korrupte Praktiken nachweisen konnten. Um dem Gefängnis zu entgehen, beging er Selbstmord – und hielt einen Strauß Lilien auf seiner Brust, als man ihn fand. Die Jahre, die vergingen, machten aus ihm eine symbolische Figur, einen Märtyrer und Heiligen. Die Besucher von Pittsburgh können sein schönes Denkmal an dem Punkt stehen sehen, an welchem sich zwei himmelblaue Flüsse unter seinen nichtsehenden Augen zum Ohio-Fluß vereinigen; dem Strom, von welchem die Dichter von Lousiana sagen, daß er südwärts an der Stadt der nie verwelkenden Blumen verüberfließt.

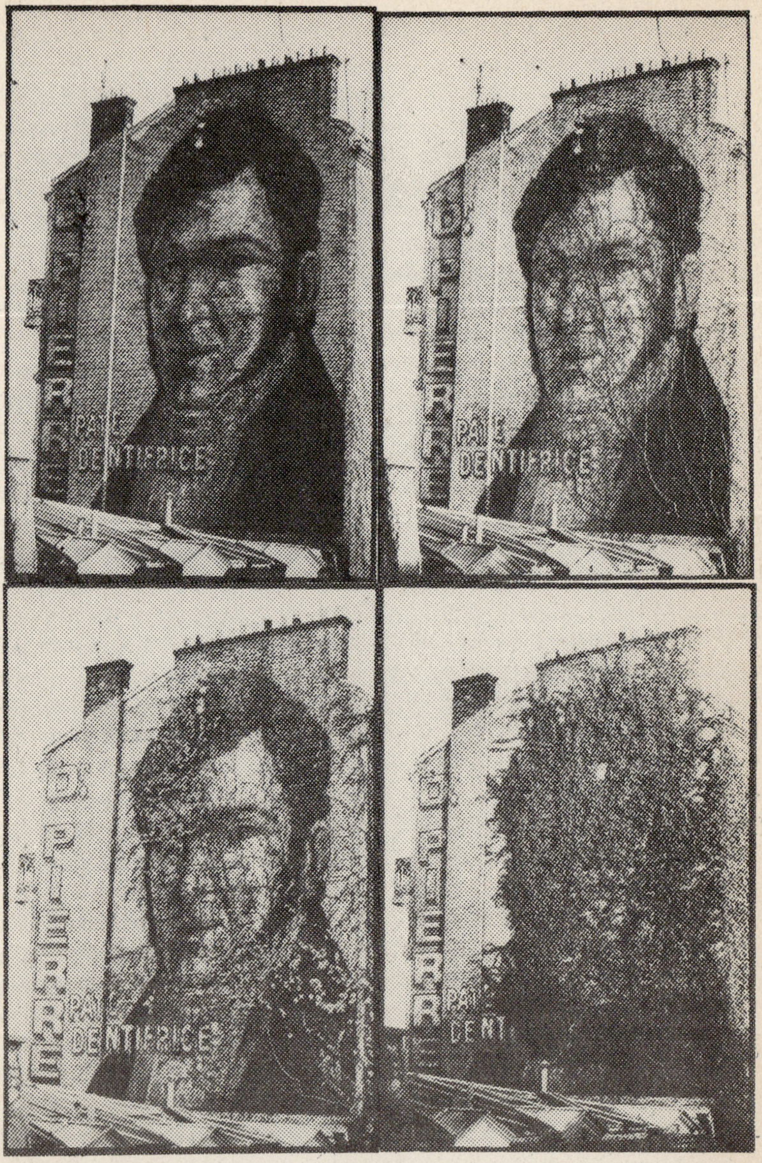
PIERRE
DENTIFRICE

Siggi

Instandbepflanzer

Pittsburgh, die häßliche und nüchterne Stahlmetropole von Lousiana, begann eines Tages ihre kahle Nacktheit zu verlieren und verwandelte sich in einen Dschungel von blühenden Sträuchern, Bäumen und Blumen.

Generationen von schwerarbeitenden Stahlarbeitern und schlechtbezahlten Büroangestellten hatten in dieser Stadt ihr Leben gefristet und in ihrem Existenzkampf den Blick für das Schöne des Lebens verloren. In der immer grauen und diesigen Atmosphäre eilten sie zu ihren Arbeitsplätzen, ohne ihrer Umgebung große Beachtung zu schenken. So öde und trist wie die Stadt aussah, verlief ihr Leben. Bis eine Veränderung ins Stadtbild eintrat, welche einer Revolution gleichkam.

Eines Morgens, der Streß, die Hetze und der Kampf um ihr Dasein hatte gerade wieder begonnen, versammelten sich vor einem Wolkenkratzer Hunderte von Menschen, welche völlig erstaunt und verwundert ihre Augen auf ein scheinbares Wunder richteten. Der Wolkenkratzer hatte über Nacht zu blühen begonnen: Efeu und Reben rankten sich über seine glatte Oberfläche, Anemonen, Stiefmütterchen, Rittersporn und Iris, Dahlien, Astern und Chrysanthemen blühten an den Fenstern. Tausende von Blumen und Pflanzen hatten die langweilige und stupide Fassade des Hochhauses in ein farbenprächtiges Heer von Blumen verwandelt, welches unter den Menschen Ausrufe des Entzückens und Erstaunens hervorrief.

Von einem Fenster zu einem anderen war ein Transparent gespannt, auf welchem man lesen konnte: „So könnte die Stadt aussehen – es liegt an Euch!" Die Menschen begannen zu fragen, wer wohl für dieses wunderbare und so frisch duftende Blumenmeer verantwortlich sei. In den Fabriken mußten die Hochöfen abgeschaltet werden und in den Büros standen die Schreibmaschinen und Fernschreiber still. Tausende standen vor dem blühenden Wolkenkratzer, diskutierten miteinander und kümmerten sich nicht im Geringsten um das durch sie entstandene Verkehrschaos. Zeitungsreporter und Kamerateams der Fernsehsender photographierten und filmten das Haus und interviewten die Betrachter. Ein alter Stahlarbeiter, dessen Hände von rissiger und brüchiger Hornhaut überzogen waren, sagte immer wieder: „Es ist ein Gedicht, ein Gedicht." Eine Büroangestellte, der Tränen in den Augen standen, stellte fassungslos fest: „Ich hatte völlig vergessen, wie wunderschön lebende Blumen riechen können."

Unter der Menge herrschte, von einigen Ausnahmen abgesehen, nur Zustimmung für die nächtliche Bepflanzungsaktion, auch wenn niemand wußte, wer da die ganze Nacht zentnerweise Blumen und Pflanzen angeschleppt und über die Wolkenkratzerfassade einen Blütenteppich gelegt hatte. Die wenigen Blumengeschäfte der Stadt hatten an diesem ereignisvollen Tag Umsätze wie schon lange nicht mehr.

Die Eingentümer des bepflanzten Hochhauses erkannten die Publicitywirkung und wiesen die Angestellten an, die Pflanzen jeden Tag zu pflegen und zu gießen, was diese gern übernahmen, hofften sie doch, die Blumen und Pflanzen trotz der überlasteten und schlechten Luft am Leben erhalten zu können.

Noch bevor die Eigentümer des Hauses, welche auch Eigentümer der Stahlgießereien und Walzwerke waren, ihre schnell entworfene Werbekampagne starten konnten, hatte Pittsburgh seine zweite blumige Sensation.

Wieder über Nacht waren die „Bepflanzer" hingegangen und hatten in einigen Straßen eines Slums tonnenweise Erde abgeladen, diese über den Asphalt und Zement verteilt und mit allen möglichen Sträuchern, kleinen Bäumchen besteckt und Blumenrabatten und -beete angelegt.

Da diese Aktion nicht so geräuschlos ablief, kamen die Bewohner des Slums auf die Straßen. Die ‚Bepflanzer' erklärten ihnen, daß dies eine weitere Begrünungsaktion von Pittsburgh sei und daß der Slum dadurch in eine grüne, lebenswerte Landschaft verwandelt würde. Die Mütter und Kinder waren die ersten, welche daraufhin den „Bepflanzern" halfen, und nach einer gewissen Zeit packten auch die Männer mit an.

Die Nachricht von der neuen Aktion in den Slums und daß dort ein „Park-Fest" gefeiert würde, verbreitete sich wie ein Flächenbrand unter den Einwohnern von Pittsburgh, so daß in wenigen Stunden halb Pittsburgh in den Slum gekommen war. Viele unter ihnen befanden sich zum ersten Mal in einem Slum, und hätten die Bepflanzer nicht diesen Bezirk für ihre zweite Aktion ausgewählt, so wären sie wahrscheinlich auch nie auf den Gedanken gekommen, einmal einen solchen Bezirk zu betreten.

Die bepflanzten Straßen waren erneut Ursache für eine breite Diskussion unter den Bürgern von Pittsburgh, zumal der totale Gegensatz – hier bepflanzte und begrünte Straßen, da abbruchreife, verfallene, aber noch bewohnte Häuser – einen noch stärkeren Eindruck bei den Betrachtern hinterließ. Die Transparente, welche in dem begrünten Slum aufgestellt und aufgehängt waren, trugen mit ihren Aufschriften ebenfalls zur Diskussion bei. Und auch hier fand die Aktion allgemeine Zustimmung.

Spontan bildeten sich weitere „Bepflanzer"-Gruppen, und von Tag zu Tag konnte man in Pittsburgh eine weitere, begrünte Fläche registrieren. Durch Straßen unterbrochene Parkanlagen wurden wieder miteinander verbunden, die Parkanlagen selbst, in denen man hauptsächlich Rasen, die üblichen Bäume und abgezirkelte Blumenbeete vorfand, wurden ihrer „Ordnung" entfremdet, und überall sah man nun Sträucher und Blumen wachsen, so daß sie nach kurzer Zeit wie natürlich gewachsene Landschaften aussahen. Weitere Wolkenkratzer waren über Nacht zu Hängenden Gärten umgewandelt worden, selbst die Mauern und Zäune, welche die Fabriken oder Baustellen umgaben, begannen zu grünen. Ampelanlagen wurden zu Blumenampeln, an Verkehrsschildern krochen Efeu, Reben oder auch Bohnen empor, Leuchtreklamen wurden zu Blumenreklamen, die Vorgärten kleiner Häuser, bisher penibel gepflegt und angelegt, wurden umgepflanzt und sich selber überlassen, Gehwege wurden aufgerissen, bepflanzt und kleine Pfade mit natürlichen Steinen ausgelegt.

Die Stadtverwaltung und Polizei standen den Aktionen ziemlich machtlos gegenüber, zumal sie immer im Schutze der Nacht ausgeführt wurden. Und selbst, wenn die Polizei einige „Bepflanzer" festnehmen konnte, mußten diese am nächsten Tag wieder auf freien Fuß gesetzt werden, da aus einem von den Gruppen gegründeten Fond Kautionen hinterlegt wurden.

Die Bepflanzungsaktionen wurden durch die Medien im ganzen Land bekannt, und immer mehr Neugierige, immer mehr Journalisten, immer mehr Blumenfreunde kamen in die Stadt. Die Gruppen organisierten den Straßenverkauf von Lebensmitteln, Getränken, Blumen und kleinen Pflanzen, Informationsmaterialien und stellten auch Übernachtungsmöglichkeiten zur Verfügung.

Die Stahl- und Walzwerke mußten ihre Produktion drosseln, da immer mehr Arbeiter nicht mehr ihre Plätze an den Hochöfen und den Pressen einnahmen. Auch die großen Büros konnten ihre Arbeit nicht mehr bewältigen, da ihnen die Arbeitskräfte fehlten. Die Unternehmer jammerten verlorengegangenen Aufträgen und Profiten nach und starteten eine Kampagne, in welcher verkündet wurde, daß dies alles nur das Werk von Kommunisten, Anarchisten und Chaoten sei. Sie überlegten öffentlich, die Nationalgarde anzufordern um wieder Ruhe und Ordnung herzustellen.

Aber die Kampagne schlug fehl, bewirkte eher das Gegenteil, denn die Bürger der Stadt, die sich den Gruppen angeschlossen hatten oder auch neue Gruppen gegründet hatten, sahen in ihrem Nachbar, ihren Freunden und Mitbepflanzern keine Kommunisten oder Anarchisten, sondern den Menschen, der mithalf, eine lebenswerte Umwelt zu schaffen. Auf die unverhohlene Androhung mit der Nationalgarde reagierten sie mit einer Unterschriftensammlung, durch welche sie sich verpflichteten, zivilen Ungehorsam auszuüben, sollte die Nationalgarde eingesetzt werden.

Aus den ganzen U.S.A. erhielten die Gruppen moralische und finanzielle Unterstützung; Künstler, Poeten und bekannte Musikgrößen stellten sich mit ihren Namen hinter die Aktionen und organisierten Veranstaltungen zur Unterstützung der Pittsburgher Bepflanzungsgruppen. Tausende von Menschen reisten an und verstärkten die Gruppen durch ihre Aktivitäten. Eine beispiellose Solidarisierung setzte ein, immer mehr und mehr Bürger von Pittsburgh verstärkten die Bepflanzerbewegung.

Die Stadtverwaltung und Polizei kapitulierte, nicht zuletzt auch deshalb, da die Arbeiter und Angestellten ihren Lebensunterhalt nun mit der Betreuung und Versorgung des immer größer werdenden Touristenstroms verdienten. Die Straßen und Highways Pittsburghs verwandelten sich nach und nach in grüne Landschaften, über die Brücken und stillgelegten Fabriken wucherten langsam alle nur denkbaren Pflanzen, Vögel waren in Scharen nach Pittsburgh gekommen und bevölkerten nun das Stadtbild. Immer mehr naturverbundene Menschen siedelten sich an, übernahmen die Häuser und Wohnungen abgewanderter Pittsburgher und paßten ihr Leben dem immer größer werdenden Dschungel an.

Pittsburgh wurde zum Beispiel für die ganze Welt und trug sehr zur Veränderung des menschlichen Bewußtseins bei. Überall änderten Städte ihr Stadtbild, notwendige Produktionsstätten wurden, natureingebunden, verlagert, die Macht des Geldes und das vorherrschende Besitzdenken der Menschheit verlor immer mehr und mehr seine „Bestimmung"; die Luft wurde wieder reiner, die Seen, Flüsse und Meere klarer, die Wälder wieder voller Bäume, die Tierwelt erholte sich und der Mensch wurde wieder zum Menschen. Dank den Pittsburgher Bepflanzern.

Der Schatten im Computer
oder:
Wie Hans ohne Firlefanz sich und andere
von einem elektronischen Alptraum befreite
(Eine Geschichte aus den Abenteuern des Hans ohne Firlefanz)

von JEAN

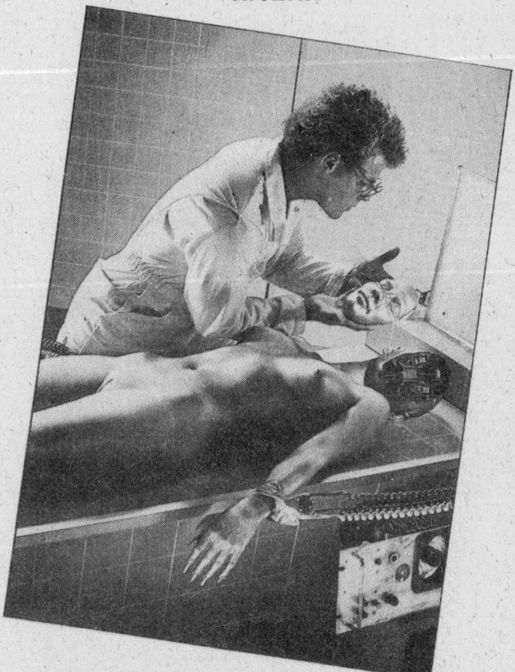

Vorspruch für Erwachsene:

**Wie fasch immer schteyt's mit dr Wahrheyt*
ohge nid ganz eso, wie mir's vo üsne lehrer he
brichtet übercho.
Oder gloubet ihr im arnscht dr don quijote heyg nid chönne
*e windmühli vom ne edle ritter trönne?...**

(Urs Hostettler)

Auf seiner Rosinante, die bekanntlich 3 Barthaare und 7 Schwanzhaare hat, ritt Hans ohne Firlefanz seines Wegs, da kam er zu einem großen Gebäude. Das war mit Stacheldraht eingezäunt und rundherum standen viele Polizisten und Panzer.

Hans ritt heran und fragte einen der Polizisten, der eine Zigarette rauchte, durch den Stacheldraht:
„Was ist denn da drin, was so wichtig ist, daß ihr es beschützen müßt?"
„Unsere Schatten", erwiderte der Polizist.
„Unsere Schatten?" wiederholte Hans erstaunt und schaute auf den Schatten, den er und Rosinante auf den Asphaltboden warfen. „Das kann nicht sein. Die sind doch da."
„Unsere elektronischen Schatten", ergänzte der Polizist und lachte.
„Elektronisch! Was ist denn das?"
„Das bist du da auf dem altmodischen Pferd."
„Ich bin doch aber hier und nicht da drin in dem Gebäude."
„Doch", beharrte der Polizist.
„Das will ich sehen", sagte Hans entschlossen. Mit einem Satz übersprang Rosinante den Stacheldrahtzaun, daß dem Polizisten die Zigarette aus dem Mund fiel und die Panzer brummten und ihre Kanonenrohre bedrohlich auf Hans richteten.
Aber der war im Handumdrehen von seiner Rosinante gerutscht und in das Gebäude hineingeschlüpft. Drinnen sah er keinen Menschen, sondern nur merkwürdig glitzernde Apparate...
„Hans ohne Firlefanz, wo bist du", rief Hans und lachte und erschrak dann vor seiner eigenen Stimme.
„Hier," antwortete es aus einem Lautsprecher, „was willst du?"
„Ich will dich sehen", sagte Hans mutig.
„Du kannst mich nicht sehen, genausowenig wie ich dich. Wer willst du sein?"
„Ich bin Hans ohne Firlefanz."
„*Ich* bin Hans ohne Firlefanz," tönte es zurück, „du bist ein Phantom."
„Was ist ein Phantom?" fragte Hans.
„Ein Gespenst."
„Dann bist du ein Gespenst", antwortete Hans trotzig.
„Ich bin Hans ohne Firlefanz," tönte es zurück, „ich reite auf meiner Rosinante. Die hat 7 Barthaare und 3 Schwanzhaare."
Da machte Hans „Ätsch" und schrie: „Du hast dich verraten. Sie

hat 3 Barthaare und 7 Schwanzhaare!"
„*Du* hast dich verraten," tönte es, „denn meine Rosinante hat 7 Barthaare und 3 Schwanzhaare."
„Ich werd doch noch wissen, wieviele Haare meine Rosinante hat", grummelte Hans, aber – für einen Augenblick wurde er doch unsicher.
Mittlerweile hörte er Schritte. Vermummte Gestalten tappten den spiegelglatten Gang entlang. Als sie näher kamen, sah Hans Maschinenpistolen in ihren Händen. Die Körper steckten in feuerfesten Anzügen, die wie Raumfahreranzüge aussahen.
„Wer sind die?" wandte sich Hans unwillkürlich an den schattenhaften Doppelgänger hinter dem Lautsprecher.
„Das sind meine Wächter."
„Was wollen die?"
Die Stimme aus dem Lautsprecher schwieg.
Die Wächter kamen heran. Sie sprachen dumpf aus ihren Schutzanzügen: „Mitkommen!"
„Wieso?" sagte Hans ohne Firlefanz.
Statt einer Antwort hoben die Wächter drohend ihre Waffen.
„Was wollen die von mir?" fragte Hans wieder in Richtung Lautsprecher.
„Sie haben Angst, daß du dich verletzt, wenn du mich beschädigst."
„Wiebitte?"
„*Ich* bin Hans ohne Firlefanz. Du bist bloß mein Schatten", sagte der Schatten in dem glitzernden Apparat. „Wenn du mich zerstörst, stirbst du auch."
„Ich will dich aber gar nicht zerstören", sagte Hans ehrlich.
„Was willst du dann?"
„Ich will mit dir reden."
„Warum?"
„Weil ich neugierig bin."
„*Ich* bin Hans ohne Firlefanz!"
„Nein, der bin ja ich."
„Du bist nichts als ein Schatten."
„Dasselbe könnte ich von dir sagen", gab Hans frech zurück. Aber die Männer hielten ihre Waffen immer noch drohend auf ihn gerichtet. „Du lügst."
„Ich lüge nicht. Du kannst gar nicht ich sein. Ich will's dir beweisen: Ich frag' dich was und du antwortest, ja?"

„O.K.“
„Weißt du, wer mein Vater ist?“ fragte Hans.
„Ich weiß sogar, wieviel er verdient“, tönte es zurück.
„Weißt du wieviel Sternlein stehen?“
„Ich kenne die neuesten Schätzungen“, tönte es zurück.
„Weißt du, was ich meiner Rosinante ins Ohr flüstere, wenn ich nach einem glücklich bestandenen Abenteuer meine beiden Arme um ihren Hals schlinge?“
„Das kann ich nicht wissen, denn du lügst“, tönte es.
„Ich lüge?“
„Ja. Hans ohne Firlefanz hat nur einen Arm.“
„Waaas?“
„Er hat seinen rechten Arm bei einem Unfall verloren. Ich weiß es, denn *ich* bin Hans ohne Firlefanz“, sagte der Lautsprecher.
„Du spinnst,“ sagte Hans, „ich habe doch zwei Arme. Sieh her!“
„Ich kann nicht sehen. Aber ich weiß, was ich weiß“, sagte der Lautsprecher.
„Aber ich *bin* Hans ohne Firlefanz und habe zwei Arme.“
„Wenn du zwei Arme hast, bist du nicht Hans ohne Firlefanz, sondern ein Saboteur.“
„Saboteur? Was ist das?“
„Einer, der mich in die Luft sprengen will“, sagte der Lautsprecher.
Die Männer in den Schutzuniformen rückten näher. „Mitkommen!“ tönte es dumpf aus ihren Helmen. Hans bekam Angst. Er ging mit den Männern. Als sie ihn durch den langen, spiegelglatten Gang führten, war es ihm, als höre er hinter sich ein hämisches Lachen...

„Weisen Sie sich aus!“ befahl der Polizeiinspektor hinter seinem großen Schreibtisch.
„Ich bin Hans ohne Firlefanz, man kennt mich überall.“
„Personalausweis!?“ wiederholte der Polizeiinspektor. Hans kramte seinen Ausweis hervor und gab ihn hin. Der Inspektor schaute hinein und sagte dann: „Heben Sie Ihre Arme!“ Hans hob seine Arme.
„Sie sind nicht Hans ohne Firlefanz. Der Ausweis ist in Ordnung, aber unser Computer sagt uns, daß Sie nur einen Arm haben.“
Hans seufzte. „Was machen wir denn da.“
Der Polizeiinspektor seufzte auch. Dann sagte er mitfühlend:
„Da ist nichts zu machen. Es sei denn – Sie trennten sich von Ihrem rechten Arm.“

„Waas?"
„Ja. Dann würden Sie wieder mit dem Bild, das der Computer von Ihnen hat, übereinstimmen."
„Was soll das heißen", sagte Hans empört.
„Daß wir Sie ohne rechten Arm als Hans ohne Firlefanz anerkennen könnten", antwortete der Inspektor und fügte hinzu: „Ansonsten droht Ihnen Gefängnis, wegen Sabotage."
„Was ist Sabotage?"
„Daß sie versucht haben, den Computer zu zerstören."
„Ach so," sagte Hans, „nein."
„Also", sagte der Inspektor abwartend.
Hans ohne Firlefanz dachte fieberhaft nach.
„Wir haben gute Chirurgen", sagte der Polizeiinspektor ermunternd.
„Chirurgen, was tun die?" fragte Hans um Zeit zu gewinnen.
„Das sind Ärzte, die Ihnen den Arm abnehmen könnten. Mit Narkose, es tut nicht weh", beruhigte der Inspektor.
Endlich kam Hans ohne Firlefanz die rettende Idee, auf die er gewartet hatte.
„Ich habe aber sowieso nur einen Arm", sagte er.
„Aber ich sehe doch zwei Arme", sagte der Inspektor.
„Das sieht nur so aus," sagte Hans, „der eine Arm, wissen Sie, ist ein Kunstarm."
„Eine Prothese?"
„Ja."
„Ach so," sagte der Polizeiinspektor erleichtert, „warum haben Sie das nicht gleich gesagt. Dann ist ja alles in Ordnung."
„Kann ich dann gehen?" fragte Hans vorsichtig, indem er einen Blick auf die beiden Wächter warf, die ihre Maschinenpistolen immer noch auf ihn gerichtet hielten.
„Selbstverständlich! Sie sind frei", sagte der Inspektor und lächelte und reichte Hans den Personalausweis über den großen Schreibtisch. Hans ohne Firlefanz atmete auf und ging hinaus. Als er zu seiner Rosinante kam, die bei dem Stacheldrahtzaun auf ihn wartete, zählte er zuerst ihre Bart- und dann ihre Schwanzhaare.
„Drei Barthaare, sieben Schwanzhaare", murmelte er zufrieden. Dann schlang er seine beiden Arme um den Hals des Pferdes und flüsterte ihm leise ins Ohr, das sich nervös drehte, so leise, daß es der einarmige Schatten im Computer nicht hören konnte. Dann

sprang er mit seiner Rosinante über den Zaun und ritt davon...
„Was hältst du von diesem Abenteuer mit dem Schatten im Computer", fragte er Rosinante.
„Wenn du mich fragst, Hans, dann ist das wieder soetwas von diesen Maschinen, die kein Gras fressen, sondern sich von Strom nähren."
„Strom!" schrie Hans ohne Firlefanz und es ging ihm ein Licht auf: Er hatte eine seiner verrückten Ideen, die ihn in der Märchenwelt der Kinder berühmt gemacht hatten. Ohne Zögern kehrte er wieder um, sprang wieder über den Zaun, schlüpfte flugs in das Gebäude, huschte durch den spiegelglatten Gang, schlich an der blanken Fassade des Apparates entlang – und fand schließlich den Stecker. Er zog ihn heraus. Schlagartig wurde es dunkel und die elektronischen Schatten verschwanden, ihr Wispern hörte auf. Stille.
Da lachte Hans ohne Firlefanz laut und erleichtert. Er drehte sich um, eilte hinaus, an den verdutzten Wächtern vorbei, schwang sich auf seine Rosinante, machte einen Satz über den Zaun und ritt davon... einem neuen Abenteuer entgegen.

atom alp

rolf brück

wir bauen ein haus in einem kleinen ort vor den alpen. ich habe eine familie und ein auto. der neubau steht erst zur hälfte, als plötzlich in diesem ort in aller eile ein atomkraftwerk aufgebaut wird – anderswo wollten sie es nicht, und jetzt wird es schnell gebraucht. das werk steht praktisch schon, als ich davon erfahre; der architekt hat dem rohbau die form einer modernen kirche gegeben, kühlturm als glockenturm, reaktor als versammlungshalle – niemand dachte, dass der atom-wolf in diesem christlichen fell steckt. das ding wird sofort in betrieb gesetzt, und schon nach einer woche geht es hoch. katastrophe. die kuppel des reaktors platzt, ne art russ quillt raus, im nu ist es da, ich stehe gerade im schatten einer hausmauer, es trifft meinen sohn, der im sand spielt, mit dem der beton für das haus gemischt wird. er richtet sich auf und sieht der wolke genau entgegen. sie verätzt sein ganzes gesicht. ich packe ihn und will zum auto, aber die reifen sind alle platt, nein, der gummi ist zu pudding geworden, der asphalt zu brei, eins klebt im andern, zwei schwarze elemente paaren sich zur pest der zukunft. das ganze dorf kommt angerannt, jeder hat ein bisschen brot in der hand, sie wollen sich in die berge verziehen. ich werfe die schlüssel weg und gehe mit. ein trauerzug der vom friedhof flieht. ein paar wahnsinnige sagen, es sei alles zu spät, und gehen ins gemeinschaftshaus, wo ein skandinavischer rockstar auftritt. er heult schon mit seiner gitarre, ich höre das jaulen in der luft, die hymne des untergangs.

das ist kein rock'n'roll, das ist völkermord!

die flanke des bergs, der uns schützen soll, setzt uns, bevor wir hinter ihn kommen, der radioaktivität voll aus. der zug wird immer panischer. es gibt überfälle von teilen der dorfbewohner auf andere. als ich ein stück hinter meiner gruppe zurückbleibe, um mich um meinen sohn zu kümmern, bricht eine horde hexen aus den büschen – um sich am reizbild 'vater & sohn' für die schandtaten aller männer an den frauen aller zeiten zu rächen. ich bin so entsetzt, dass ich mich in einen igel verwandle und zusammenrolle. mit stöcken pfeilen und speeren rasen sie über mich. meine flucht geht weiter nach innen. ich falle ein paar treppen der evolution hinab, und jedesmal zählt eine frauenstimme die stufe wie einen countdown: bär – nashorn – eidechse – frosch – schnecke – qualle – pilz. beim pilz krieg ich angst, eine pflanze zu werden und jedes bewusstsein zu verlieren. zerophobie. so bleibe ich pilz, obwohl ich pilze nie mochte. ich stehe an einem rinnsal und mutiere unter der harten strahlung zu einer neuen, intelligenten pilzart mit anti-atom-bewusstsein. ich entwickle eine immunität gegen die strahlung und schleiche mich in mikroskopischen mengen in alle atomaren werke und bomben ein, die noch auf dem erdboden sind. eins nach dem andern lass ich sie platzen und blühe in der detonation zu einem engel der vernichtung auf. ich bin ein gesandter der tiere und habe den auftrag, mein schwert in eine sackgasse der evolution zu stossen.

über S.F.

„meine erste science-fiction-lektüre war so eine heftchenserie, ich glaube ren dhark hiess sie (perry rhodan war mir zu sauber), das war ein abenteuerroman auf anderer ebene. trotzdem hab ich daran gemerkt, hier gings um eine neue dimension: bewusstsein. weltraum, das war die chiffre für bewusstsein. ein hintergrund, wo das gehirn sich austoben konnte. reise, schiff, hypersprung: einfach vereinbarte vokabeln für neuland. und dann wurds erst interessant. den western in den weltraum zu verlagern, wie im krieg der sterne oder auf den bildschirm-shootern, die sogar in alternativen kneipen rumstehen, das wars nicht. aber das weisst du ja selber.

bis heute haben diese vokabeln ihren reiz für mich nicht verloren. sie sind noch nicht erschöpft. die science fiction ist noch zukunftsträchtig.

was sätze! hab ich vergessen, dass ich einen brief an pieper schreibe, und nicht outlines for future fiction?

das wort raum saugt mich weg."

Rolf Brück

Science Fiction

Jahrmarkt kosmischer Möglichkeiten

Die Welt ist im Wandel. Unsere Generation ist Zeuge von mehr wissenschaftlichen Forschungsergebnissen und deren Auswirkungen als irgendeine zuvor. Eines der Probleme dabei ist: fit bleiben für immer Neues. Die geistige Leistungsspanne trainieren. Man mag dies auch Bewußtseinserweiterung nennen. Ein effektiver Weg dazu ist die Lektüre von Science Fiction.

Von Werner Pieper

Was ist nun SF eigentlich? Für manche „die Folklore eines kollektiven technologischen Bewußtseins", rechts tummeln sich etliche Blut und Boden-Fantasten, ich mag mich eher denen zuordnen, für die „Science Fiction den Sinn für die Unbegrenzbarkeit der Möglichkeiten wachhält" (FAZ).

Ums klarer zu sagen: hier wird nicht von Perry Rhodan oder grünen Männchen geredet. Hier gehts um Anstöße für das ganze Leben. Eine Reihe von Büchern tun genau das, nur die Verarbeitung in Buchstaben läßt zu wünschen übrig. Seien es neue Viren, die „Plastikfresser", die plötzlich auftauchen, sei es die erfundene Wahrheits- oder Telepathenpille, die einige Menschen in die Hand bekommen und die Unruhe im sozialen Leben stiftet. Eine Vielzahl von morgen durchaus vorstellbaren Versionen von Problemen und Lösungen wird eröffnet. Doch eine gute Idee macht noch keine lange Story.

Das Angebot an SF-Büchern nimmt ständig zu. Was machst du nun ohne irgendwelche Ahnung vom Genre in der nächsten Buchhandlung, am nächsten Bahnhofskiosk?

Hier ein paar Namen – recht unterschiedliche Stile und Trips zwar, durchweg aber ein guter erster Schritt ins Universum zukunftsschwangerer Lektüre.

Philipp Dick „gehört zu den unbequemsten. Wer ihn mag, der mag ihn sehr. Wer ihn ablehnt, hat nicht selten dabei Schaum vorm Mund" (Comet). Eines seiner Themen: Hitler gewinnt den 2. Weltkrieg.

James Tiptree, man munkelt, es sei ein Pseudonym für eine Frau, tript und flipt zum Ohrenwackeln. 1977 bekam er (?) für „Houston, Houston, do you read?", sowohl den Hugo wie auch den Nebula-Preis, gleichsam Oscar und Nobelpreis der SF-Schreiber.

John Brunner hat etliche Romane auf dem hiesigen Markt, nicht alle überzeugen voll, doch sind wirkliche Goldfische darunter. Brunner kommt aus der englischen Atomwaffengegner-Bewegung.

Joe Haldemann ist Vietnam-Veteran. Soeben ist auf deutsch sein „Der Ewige Krieg" erschienen, mit dem er 1976 Nebula und Hugo gewann. Die Geschichte eines erbitterten Krieges, in dem niemand weiß, worum es geht.

Natürlich gibt es daneben auch die Großmeister: Stanislav Lem gehört der gehobenen Schreiberklasse an; Isaac Asimov ist der 1. Mann der technologischen SF; Ray Bradbury hat vor 25 Jahren tolle Sachen geschrieben, leider danach nachgelassen; Robert „Stranger In A Strange Land" Heinlein hat auch durchaus nette Ideen, ihn lese ich allerdings, wie auch Poul Anderson, nicht mehr – ist halt ihr Bier, daß sie für den Vietnamkrieg waren.

Mir geht's hier um die wahre Sahne. In Namen: Ursula LeGuinn, Frank Herbert und Michael Moorcock.

Michael Moorcock. Einer von den zahlreichen Freaks mittleren Alters aus dem Londoner Ladbroke Grove. Nicht nur als Schreiber, auch als Musiker hat er sich mit seiner Gruppe The Deep Fix einen Namen gemacht. Auf seinen Ideen basierten die ersten LPs von Hawkwind, mit denen er eng befreundet ist. Beiträge von ihm erscheinen seit Jahren in der „International Times" (IT) und anderen Zeitungen der Gegenkultur. Viele seiner Bücher spielen sich im Fantasy-Genre ab, mit wunderlichen Herrschern und Schwertkämpfern und Dämonen. Nix für mich. Um so mehr schätze ich halt sein SF-Werk. Auf deutsch ist im Augenblick nicht viel zu haben. „Der Schwarze Korridor" sollte jedoch noch in mancher Buchhandlung vorhanden sein. Eine großartige Sammlung einiger kurzer und längerer Geschichten ist „Moorcock's Book of Martyrs". Da geht es um die schwarzmagischen Mächte, die Alexander den Großen beeinflußten, um das geheime Leben des wiedergekehrten Jimi Hendrix oder Zeitreisen vom Ende eines Universums bis zur Entstehung eines neuen. Sein Meisterstück ist „Behold The Man", die Story von Karl Glogauer, der durch verwirrende Umstände Zeuge des Ereignisses von Golgatha wird – nicht als Zuschauer, sondern aktiv am Kreuz – er opferte sich, da er erkannte, daß es J.C. nicht schaffen würde, diese Aufgabe zu erfüllen. Viele von Moorcocks Büchern spielen sich vielschichtig auf mehreren Ebenen und Schauplätzen ab.

Frank Herbert. Sein Name bringt dem wissenden Leser Glanz in die Augen. Seine Dune-Trilogie ist in ihrer Dichte und Aussage kaum übertreffbar. Die ersten deutschen Übersetzungen sollen zu 55 Prozent gekürzt gewesen sein. Im Herbst nun erscheinen „Der Wüstenplanet", „Der Herr des Wüstenplaneten" und „Kinder des Wüstenplaneten" ungekürzt als Kassette. Es geht um die Veränderungen einer Gesellschaft und der Ökologie im Laufe von Generationen. Umweltproblem des Wüstenplaneten: es wächst auf einmal zuviel Grünes. Der Aufbau eines kompakten geistigen und wirtschaftspolitischen Systems, die Intrigen der einzelnen Mächte, Priester und Frauengruppen...

Dialoge, von denen man sich wünscht, daß unsere Politiker sie verstehen würden. Frank Herbert studierte östliche Philosophie, war Unterwassergeologe, Kamermann und ist zur Zeit als Redner in Sachen Erhaltung der Schätze (Natur und Rohstoffe) der Erde unterwegs. Außer der Wüstenplanet-Trilogie ist noch einiges andere hier erhältlich: „Der letzte Caleban", „Die Leute von Santaroga", „Die Riten der Götter" und das vorzügliche Buch „Helstrøms Brut":

Zum guten Schluß *Ursula LeGuinn*. Sie ist Tochter des hervorragenden Anthropologen Alfred Kroeber und der bekannten Schreiberin Theodora K. (Ishi). Das zeigt sich. Struktur und Glaubhaftigkeit, dieses Einfühlungsvermögen und diese verwickelte Beschaffenheit des Inhalts in einem Buche wie z.B. „The Dispossessed" trifft man selten in SF-Büchern. Sie beschreibt nicht einfach eine andere Welt, sie hilft dir, deine eigene Rolle in jener Welt zu finden, und ihre Ideen können sich in deinem Leben fortsetzen. Grundidee des „Planeten der Habenichtse" („Dispossessed", deutsch z. Zt. vergriffen) ist ein Zwei-Planeten-System. Ein reicher, übersatter Planet, der die Kritiker des Systems auf ihren Wunsch hin zum Mond, dem Schwesterplaneten umsiedelt. Dort gibt's so gut wie nichts außer harter Arbeit ums bloße Überleben in einer kollektiven, alternativen Gesellschaftsform. Jahrhundertlang entwickeln sich beide Gesellschaftsformen ohne jeglichen Kontakt miteinander, bis eines Tages...! Der Schreiberin Fertigkeit als Geschichtenerzählerin spielt mit des Lesers Meinung, was hier nun „gut" oder „schlecht" ist. Nichts ist einfach bei ihr. So wie man in der Welt von „Der Herr der Ringe" oder „Dune" leben möchte, wünscht man sich auch, in ihrer Welt zu leben. Andere Bücher von ihr: „The Earthsea Trilogy": fantastische Kinderbücher, optimal für Leute, die des Englischen noch nicht so sicher sind, aber gern mal was Spannendes in dieser Sprache lesen möchten.

„The Left Hand of Darkness" – ein Mensch auf einem Planeten, in dem die Wesen sexuelle Phasen von vier Wochen erleben, wobei vorher niemand weiß, ob diese Phase nun als männliche oder weibliche erlebt wird.

„The Winds Twelve Quarters" – eine dicke Sammlung packender Kurzgeschichten.

Die zwölf Striche der Windrose
Phantastische Erzählungen von Ursula K. LeGuin
nymphenburger

UNSERE ERDE WIRD ÜBERLEBEN

von JIM E. LOVELOCK

Der Autor (und nicht nur er, oder?) geht davon aus, daß die gesamte Biosphäre der Erde eine sich selbst regulierende Einheit ist – er nennt sie GAIA. GAIA wehrt sich gegen die Zerstörung & damit auch gegen den Menschen – im Interesse des Menschen.
Eine optimistische Ergänzung zu Global 2000 u.a. 28,-

2036 von Henky Hentschel

Eine Science Fiction Geschichte. Was so passieren kann, wenn eine Kernfusionszentrale durchschmilzt und Außerirdische zur Hilfe eilen. Eine Neuauflage vom Packpapier Verlag.

Der Grüne Zweig 53

36 Seiten A6, nur 1,– DM

DIE VERGESSENE KRAFT DER ERDE

Ihre Zentren, Strömungen und Wirkungsweise

von JOHN MICHELL

Seit den Anfängen seines Bewußtseins hat der Mensch in der Erde ein geistig beseeltes, lebendiges Wesen gesehen; hat er in die Harmonie von Erde und Kosmos sich einzufügen gewußt. ... erst wenn wir die heutige Wissenschaft mit dem uralten Wissen verbinden, wird es uns gelingen, die Krankheiten der Erde an ihren Ursachen zu heilen.
100 Seiten, Großformat, mit 113 Illustrationen, davon 22 in Farbe
26,– DM

DIE ZEIT DER TIERE · Der Grüne Zweig 67

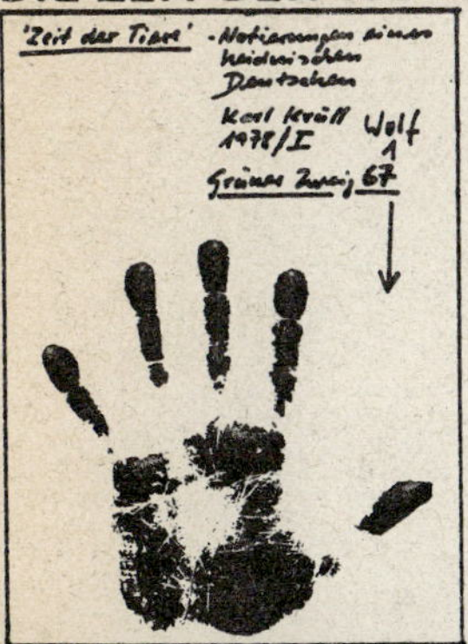

Notierungen eines heidnischen Deutschen. Karl Krüll's ethnopsychedelisches Werk mit Skizzen, Zeichnungen, Fotos, Zitaten, handschriftlichen Notierungen und maschinengeschriebenem Text.
238 Seiten, davon 162 teils zweifarbig auf Transparentpapier.
„Hier wird gezeigt, was ‚Kunst' heute leisten kann und soll."
(Zitat Nikolaus Einhorn)

ISBN 3-922708-67-6 **15.00 DM**

ROTWANG · Der Grüne Zweig 63

Die irrwitzige Präzision der Träume, ein Sc-high-ence Fiction Comic ohne Bilder von **TIM HILDEBRAND** mit Fotos von Miss Photo. „The Best", sagt Tim Leary über das Buch. Aus der Serie 23 des SPHINX Verlages. Der Mutanten Power Classic!
Realität – lieb es oder laß es.
Mit Grüßen von John, John und John.
Übersetzung Josephin Clare und Werner Pieper.

ISBN 3-85914-402-2 144 Seiten A5 **18,– DM**

i allen Bestellungen (außer Abos) 3,– DM Porto-
auschale pro Sendung nicht vergessen. Danke.
Alle Überweisungen ans Postscheckkonto W. Pieper,
Ffm. 543 194 - 601.

An:

Werner Pieper
Die Grüne Kraft

Alte Schmiede

D-6941 LÖHRBACH i. Odw.